쏘설 코비드 19

Covid-19: Storie dalla zona rossa
Covid-19: Stories from the Red Zone

Copyright© 2020 Manuela Salvi

All rights reserved. This Korean edition was published by Gagyanal Publishers in
2020 by contract with Manuela Salvi.

소설 코비드19

2020년 5월 30일 초판 1쇄 찍음 | 2020년 6월 10일 초판 1쇄 펴냄
펴낸곳·가갸날 | 펴낸이·이상 | 주소·경기도 고양시 일산동구 강선로 49, 402호
전화 070.8806.4062 | 팩스 0303.3443.4062 | 이메일 gagyapub@naver.com
블로그 blog.naver.com/gagyapub | 페이지 www.facebook.com/gagyapub
| 디자인 강소이

ISBN 979 11 87949 46 6 (03880) | CIP제어번호: CIP2020020786

COVID-19
소설 코비드 19

Manuela Salvi

마누엘라 살비 지음

최수진 × 이명하 옮김

가갸날

한국의 독자들에게

미증유의 코로나 바이러스와 그로 인한 오랜 봉쇄조치로
고통을 겪은 이탈리아 작가로서 코로나의 피해를
슬기롭게 극복한 한국에 깊은 연대를 느낍니다.
팬데믹이라고 하는 전염병의 세계적 유행으로 말미암아
우리는 전 세계가 평등한 입장에서 서로 단결하며
어려운 시기를 헤쳐나가는 지혜를 배웠습니다.
이 소설집에 실린 이야기들이 지금 우리 모두가 겪고 있는
어려움을 치유하는 데 도움이 되었으면 합니다.
저는 스토리텔링의 힘을 믿습니다. 스토리텔링은
우리가 지금의 경험을 최대한 활용해 개인적인 성장을
도모할 수 있게 해줄 것입니다. 저의 소설이 사람들에게
즐거움을 선사하고 더불어 다양한 인간 군상의 행동에
대한 이해를 증진할 수 있기를 바랍니다.
저는 이탈리아 작가이지만 세계의 독자를 염두에 두고
이 소설을 집필하였습니다. 우리가 같은 인간으로서 감정을
공유하고 서로 공감할 수 있다고 확신하기 때문입니다.
공포와 불확실성 속에서 글쓰기를 계속하는 일은 몹시
힘든 과정이었습니다. 하지만 인간성에 대한 믿음으로
긍정적인 마음을 견지하며 창작을 즐길 수 있었습니다.
여러분들이 제 소설을 재미있게 읽어주시면 감사하겠습니다.
한국의 독자들께 가없는 사랑을 보냅니다.

이탈리아에서

Manuela Sahi

머리말

　2020년 3월의 일이다. 전 세계 코로나 바이러스 팬데믹으로 가장 큰 타격을 받은 나라 가운데 하나인 이탈리아의 작가인 나는 돌연 완전한 고립 속으로 내몰렸다. 대재앙을 다룬 공상과학 소설에서나 반복되는 것으로 한동안 여겨졌던 주제들이 갑자기 현실감 있게 느껴졌다.

　처음 며칠은 불신과 불안 때문에 갈피를 잡지 못했다. 그러던 중 나머지 격리기간 동안 하루에 이야기 한 편씩을 써보자는 생각을 하게 되자 상황이 좀 더 명료해지고 기분전환이 되었다. 뉴스, 과학 기사, 소셜 미디어에서 발견된 사실들이 작가의 상상 속에서 예측 가능한 시나리오, 가상의 0번 환자, 가능하거나 불가능한 미래, 그리고 팬데믹 기간 동안 일상생활에서 벌어질 수 있는 장면으로 성장했다.

그 결과 탄생한 이 소설 시리즈는 독자들로 하여금 환상적인 여행을 경험하게 해줄 것이다. 이 소설들은 세계적인 비극을 적나라하게 드러내기 위해 사실주의 기법을 사용하고 있으며, 반유토피아적 고전소설과 현실세계의 장면을 혼합하였다. 상상력은 이러한 시기에 강력한 도구가 될 수 있다. 그리고 작가와 독자 모두가 머지않아 직면하게 될 가장 힘들고 어려운 도전을 이겨내도록 도울 것이다.

이 소설의 수익금 중 일부는 코로나 바이러스 싸움의 최전선에 있는 에든버러 로열 병원에 기부될 것이다.

WEEK 1

0번 환자

"너 해변에 올 거니?"

레베카는 의아한 듯 그녀의 룸메이트를 쳐다봤다.

"우리는 이런 멍청한 짓을 계속 할 수 없어."

그녀가 대답했다.

"난 내일이면 열여덟 살이야. 체포될 수도 있는 나이라고."

"근데 오늘은 아니잖아? 그게 포인트야."

그녀의 친구가 윙크하며 말했다.

"이게 너의 마지막 기회일걸."

레베카의 마음이 요동쳤다. 그 말은 사실이었다. 내일 이후로
는 많은 것들이 험난해질 것이다. 현장 배치 프로그램도 시작해

야 할 것이다. 그녀는 아직 사회에 도움이 되기 위해 무엇을 해야 할지 몰랐고, 설상가상으로 대학 입학시험에도 떨어졌다.

그녀는 체념한 듯이 고개를 끄덕였다. 그녀 같은 코로나 바이러스 환자 코비드들은 그들끼리 지내며 어려운 삶을 살고 있었다. 코비드들에 대한 많은 이상한 미신 때문에 사람들 또한 그들에게서 거리를 유지했다. 20년 전 세계 인구의 3분의 1 가까이가 바이러스 때문에 목숨을 잃었다. 사람들은 마치 코비드들이 아직도 그와 똑같은 바이러스를 지니고 있는 듯이 간주하는 것 같았다.

그들은 해변이 이동제한구역임에도 불구하고 자주 갔다. 레베카는 바이러스가 퍼지기 이전인 수십 년 전의 삶이 어땠는지 온라인에서 사진을 볼 때마다 그렇게 많은 사람들이 북적이는 해변 모습에 깜짝 놀라곤 했다.

"어떻게 그들이 직사광선을 맞으면서 아무 탈 없이 서로 가까운 거리를 유지할 수 있었나요?"

레베카는 고아원 엄마에게 묻곤 했다. 그녀는 쉰 살을 넘기는 나이였기에 당시의 상황이 어땠는지 잘 기억할 수 있었다.

"괜찮았어."

이것이 그녀가 말한 전부였다.

레베카는 그녀를 믿지 않았다. 그녀가 온라인 포럼에 글을 올리고 바이러스 이전의 사진과 노래를 공유하는 향수에 잠긴 사람들 가운데 한 명이라고 레베카는 분명히 생각했다.

"이 모든 것이 그리워지지 않겠어?"

그녀의 친구는 반항적으로 모래 위를 뛰어다니며 물었다. 레베카는 발가락 사이의 모래를 느끼기 위해 신발을 벗었다. 그녀는 주위를 둘러보았다. 그들 뒤에는 '채집 금지' 표지판이 걸려 있는 금속 장벽이 늘어서 있었다. 그들의 눈앞에 금빛 모래가 펼쳐져 있다. 먼 길, 먼발치에서 점 하나가 눈에 띄었다.

"저기 아래쪽에 경찰이야?"

그녀가 물었다.

"아닌 거 같은데."

친구가 대답했다.

"잃을 것이 없는 또 다른 코비드일걸. 남자일 수도 있어. 귀여울지도 몰라."

레베카는 웃었다. 그때 갑자기 가슴이 수축되어 숨이 막힐 지경이었다. 그것은 폐가 막혀서 그녀의 심장과 뇌에 공기를 보내는 것을 멈춘 경우였다. 그녀의 손은 자동적으로 주머니 속의 흡입기를 찾았다. 흡입기 첫 모금에 그녀의 폐는 다시 활동하기 시작했다. 이 때문에 고아원 엄마가 앞으로 '사무직' 쪽으로 나갈 것을 권했던 것이다.

그날 그들을 쫓기 위해 해변에 도착한 경찰은 없었다. 고아원으로 돌아가는 길에 그들은 중앙광장에 설치되어 있는 대기 먼지수치를 힐끗 올려다보았다.

'10μg/m3'라는 빨간색 글자가 보였다. 그들은 미소를 지었다. 깨끗한 공기 캠페인의 문구 '자랑스러워하라'처럼, 그들은 그렇게 했다. 그들이 지구를 구한 2030년 이후 8년이 흘렀다. 공기는 깨끗했다. 폐가 손상되었음에도 불구하고 코비드들이 여전히 살아 있는 것이 이를 증명했다. 바이러스가 창궐하기 이전에는, 3월의 아름다운 화창한 아침에도 대기 먼지수치가 50μg/m3에 달했다. 지금은 겨우 10μg/m3일 뿐이다. 레베카와 그녀의 친구들은 죽음을 통해 세상을 구한 30억 명의 사람들에게 바치는 감사 기도문을 묵묵히 읊었다.

다음날 아침에 눈을 뜬 레베카는 가슴이 두근거렸다. 그녀는 18살이 되었다! 고아원을 떠나도 될 나이가 되었다는 뜻이다. 사실 선택의 여지가 없었지만, 그들은 그녀에게 그렇게 말했다. 주 정부는 그녀가 고아원에서 살 수 있도록 지원하는 비용 지급을 중단할 것이다. 그것은 무서우면서도 흥분되는 일이었다. 그녀는 해안이나 산악 지역 같은 교통 제한 지역을 염두에 두고 있었다. 비록 유엔이 규정한 국제 이동제한 범위 내에서이긴 하지만, 그녀는 자신이 가고 싶은 곳을 선택할 수 있었다. 어쩌면 바다와 관련이 있는 직업을 선택할 수도 있을 것이다.

그녀는 고아원 엄마가 고개를 절레절레 저으며 "그들은 신체활동을 하는 집단 내에 코비드를 절대 받아들이지 않을 거야,

너도 알잖아"라고 말할 것을 벌써 머릿속에서 상상할 수 있었다. 하지만 어쩌면 상황이 바뀔지도 모른다. 사람들은 결국 바이러스를 잊어버릴지도 모른다. 코비드는 피할 필요가 없는 평범한 사람이 될지도 모른다.

레베카는 다른 고아원 사람들과 함께 아침을 먹던 중 식당에 들어온 고아원 엄마를 보았다. 그녀가 자신에게 따라오라고 고갯짓을 하였다. 레베카는 긴장하며 일어서서 그녀를 따라 사무실로 들어갔다. 언젠가 들은 말이 떠올랐다.

'걔네들은 널 쫓아내기 전에 아침식사를 끝내도록 놔두지 않을 거야.'

방안에는 변호사가 있었다. 그는 코비드 고아들을 위한 배치 서류를 처리하는 사람이었다. 그가 레베카에게 오렌지색 신발상자를 건네주었다. 상자는 군데군데 부풀어 올라 있었고, 젖은 헝겊 조각들 때문에 움푹 들어간 곳도 있었다. 레베카는 혼란스러운 얼굴로 변호사를 쳐다보며 그가 설명하기를 기다렸다. 그는 목청을 가다듬었다.

"네 어머니는 네 열여덟 번째 생일에 이 상자를 네게 전해달라는 마지막 유언을 남겼다."

레베카의 심장이 멎는 듯했지만 천식 때문은 아니었다. 그녀는 마치 상자가 바스러질 것을 걱정이라도 하듯 손끝으로 조심히 상자를 훑으며 만져보았다.

"혼자 있을 시간을 줄게."

고아원 엄마가 말했다.

"네 출원과 배치를 위한 나머지 서류작업은 우리가 마무리할 거야."

레베카는 고개를 끄덕이며 상자를 열었다. 처음 그녀의 눈에 들어온 것은 상자처럼 얼룩지고 얽은 자국이 있는 출생증명서였다. 2020년 3월 15일이라고 적혀 있었다.

그녀는 여러 장의 사진과 그 아래에 들어 있는 보석 조각, 종이쪽지, 일기장을 들춰보고는 봉인되어 있는 편지봉투를 집어 들었다. 봉투의 균형을 잡으며 무릎 위에 올려놓고 조심히 열어 보았다. 사진 한 장이 살짝 빠져 나왔다. 곱슬곱슬한 금발머리를 지닌 어린 소년의 사진이었다. 소년의 미소는 낯이 익어 보였다. 그녀는 사진을 책상 위에 내려놓고 편지를 꺼냈다.

사랑하는 레베카에게,

만약 네가 이 편지를 읽고 있다면 그것은 그들이 말한 대로 "모든 것이 괜찮았다"는 뜻이란다. 비록 나와 네 아빠에게는 그렇지 않았지만. 네 아빠는 몇 달 전에 돌아가셨고, 나도 네가 태어나기를 기다리는 동안에 받은 검사에서 양성반응이 나왔어. 적어도 네가 태어날 때까지는 버티기 위해 난 최선을 다하고 있단다. 네 인생이 시작도 되기 전에 끝나지 않았으면 좋겠구나. 네가 멋진 숙녀로 성

장하길 바란다. 네가 열여덟 살이 될 때쯤이면 우리가 꿈꾸던 대로 세상이 더 좋은 곳이 되어 있었으면 좋겠어. 이제 네 자신과 우리 가족에 대해 몇 가지 사실을 알 수 있을 만큼 나이가 든 것 같구나. 상자에서 어린 소년의 사진을 발견했을 거야. 그 소년은 네 오빠야. 네아빠가 첫 증상을 보였을 때 네 이모와 이모부에게 오빠를 보냈단다. 그건 잘못된 행동이었어. 지금은 알아. 하지만 무서웠단다. 네이모와 이모부도 지금 아프다고 들었는데 어떻게 될지 모르겠어. 알수도 없고. 우린 모두 너무 무서워.

그건 차치하고 네게 오빠가 있다는 걸 알아야 해. 오빠의 이름은 마누엘이다. 너희 둘이 서로 꼭 찾았으면 좋겠구나. 이모와 이모부의 연락처는 사진 뒷면에 있다.

레베카는 다시 사진을 집어 들고 손을 떨며 뒤집어 보았다. 그녀가 갈 수 없는 지역, 제한구역에 있는 주소였다. 그녀는 일단 주소 생각은 떨쳐버리고 계속해서 편지를 읽어 나갔다.

이런 세상에 태어나게 해서 정말 미안하구나, 애기야. 네가 내 뱃속에서 모든 것을 흡수하기 때문에 의사들은 바이러스가 네게도 퍼질 수 있다고 얘기하지만, 그게 사실이 아니길 바랄 뿐이야. 의사들은 많은 부분에서 오류를 범하고 있어. 그들이 할 수 있는 것은 반복되는 실패 속에서 치료제가 개발될 때까지 노력하는 것뿐이야.

상자 안에는 유용하게 쓰일 수 있는 것들이 들어 있어. 네 대학등록
금을 저축하기 위해 만든 계좌번호를 적어놓았다.

레베카는 얼굴을 찡그렸다. 그런 계좌는 이제 무용지물이었
다. 그녀 부모님의 예금을 포함한 많은 사람들의 예금이 2020년
바이러스 이후 발생한 금융위기로 휴지조각이 되었다.

내 휴대폰도 박스에 넣어두었어. 만약 아직 작동한다면 사진과
영상들을 보며 우리 가족의 삶이 어땠는지 볼 수 있을 거야. 네가
무사했으면 좋겠다. 삶이 네게 미소 지으면 좋겠어. 하늘만큼 땅만
큼 사랑해.
엄마가

레베카는 편지를 다시 봉투에 넣고 고아원 엄마를 불렀다. 그
녀는 설명을 듣고 서명해야 할 모든 서류에 서명하고, 그들이 말
하는 대로 고개를 끄덕였다. 그녀의 생각은 다른 곳에 가 있었다.

그녀는 컴퓨터에 접속할 수 있게 되자마자 2020년 팬데믹 당
시 UN이 만든 실종자 데이터베이스에 이모와 이모부의 주소를
입력했다. 새 창이 열렸다. 그녀의 이모와 이모부는 이미 돌아가
셨다. 그들의 아들은 아직 살아 있었고, 그의 이름 옆에 전화번
호가 적혀 있었다. 오빠에 대한 언급은 없었다. 아마도 이모와

이모부 가족의 일원으로 등록되지는 않은 것 같았다.

레베카는 오빠의 이름을 적어 넣었다. 데이터베이스는 N/D 라는 표시만 나타냈다. 데이터를 찾을 수 없었다. 오빠가 혼자 어디선가 죽었을 수도 있지만, 시체는 어디서도 발견되지 않았다. 아니면 어디선가 어려운 상황을 잘 버티며 살아 있을 수도 있다. 어떤 이유에서인지 오빠가 있는 위치에 대한 정보는 제공되지 않았다. 레베카는 머릿속으로 계산해보았다. 오빠는 아마 지금쯤 스물세 살 정도 되었을 것이다. 만약 오빠가 죽지 않았다면.

레베카는 고아원의 홀로그램 전화기를 집어 들고 전화번호를 알고 있는 생존한 가족 가운데 한 명인 사촌에게 전화를 걸었다.

"레베카, 짐 싸야 돼."

고아원 엄마가 멀티미디어실에 불쑥 고개를 내밀었다.

"지금 가요."

레베카는 대답했다. 홀로그램 전화기가 울리고 있었다. 누군가 대답했고, 흐릿한 형광의 형체가 구체화되어 그녀 앞에 나타났다.

"안녕."

남자가 말했다. 그는 서른다섯 살쯤 되어 보였다.

"저는 레베카예요."

레베카는 초조한 듯 자신의 머리카락 뭉치를 손가락으로 빙빙 돌리며 말했다.

"당신 이모의 딸이요. 혹시 우리 오빠에 대해 알고 있어요?"

남자는 아무 말도 하지 않았다. 레베카는 마치 기슭까지 넘실 대는 강물이 흘러가듯 모든 이야기를 털어놓았고, 숨이 턱턱 막 힐 때마다 흡입기를 두 번씩 들이마셨다. 이야기를 끝내고 레베 카는 머뭇거리며 미소 지었다. 약간 과체중이고 머리가 벗겨진 사촌은 아무런 반응도 보이지 않았다.

"그런데 넌 내게 이렇게 그냥 전화해도 괜찮다고 생각하냐?"

그는 손을 얼굴에 가져다 대며 화난 듯한 낮은 어조로 말했다.

"너희 아버지가 우리 가족에게 그런 짓을 하고도? 인류 전체 에 그런 짓을 저지르고도?"

레베카는 움찔 놀랐다.

"무슨 말인지 모르겠어요. 우리 아빠는 이미 돌아가셨어요. 아빠는 바이러스에 처음 걸린 사람 중 한 명이었어요. 엄마가 편 지에 그렇게 썼다고요."

사촌은 숨이 넘어갈 듯이 웃었다.

"네 아버지는 바이러스에 처음 걸린 사람들 중 한 명이 아니 라고. 그가 첫 번째였어. 네 엄마가 그 부분을 빼놓은 거냐? 전 세계 인구의 절반이 너네 아버지 때문에 지금 지하에서 썩어가 고 있다고."

레베카는 다시 숨을 쉬려고 안간힘을 쓰며 흡입기를 잡았다.

"더러운 코비드."

사촌은 침을 뱉었다.

"오빠는 어디 있어요?"

레베카는 모욕적인 말을 무시한 채 물었다.

오빠는 당신이랑 같이 있었어요."

"아, 걔?"

사촌은 거칠게 대답했다.

"걔가 우리 부모님을 감염시켜 돌아가시게 만들었다. 그래서 내가 쫓아냈지. 어디로 갔는지는 모르겠다. 이제 전화를 끊어야 한다. 두 번 다시는 내게 전화하지 마라. 알았나?"

그가 전화를 끊자 홀로그램이 희미해지며 사라졌다. 레베카는 현기증을 느꼈다. 그녀는 항상 스토리가 없는, 아니 수백만 명의 다른 고아들과 같은 스토리를 가진 코비드 중의 한 명일 뿐이었다. 그러나 그녀는 이제 0번 환자의 딸이 되었다. 어떻게 이런 일이 있을 수 있지? 모든 역사책에는 0번 환자는 발견되지 않았다고 적혀 있었다.

"레베카!"

고아원 엄마가 크게 불렀다. 떠날 때였다.

고아원 엄마를 따라 침실로 들어갔다. 그녀는 레베카가 18년 동안 알고 지낸 유일한 사람이었다. 레베카는 친구들에게도 작별인사를 했다. 그들은 서로 다시 만날 수 있는 기회가 아마 없을 것이라는 것을 알면서도, 고아원을 나가면 곧 다시 만나자고 약속했다. 레베카는 그녀의 가방과 몇 가지 소지품, 변호사가 준 서류, 그리고 엄마가 준 신발상자를 집어 들었다.

"내일 아침에 고용센터에 가야 한다."

고아원 엄마가 말했다.

"어떻게 할지는 정했어?"

"네."

레베카는 대답했다. '오빠를 찾으러 갈 거야. 그렇게 할거야' 하고 그녀는 생각했다. 기운을 내 흡입기를 빨아들이며 고아원을 나섰다. 좋든 싫든 그녀의 과거와 직면하게 될 미래로 걸어들어 갔다.

2020년 3월 15일

2019년 9월

지난 9월은 재앙이었다. 나는 백 번의 인생을 살더라도 다 갚을 수 없을 만큼의 빚을 지고 있었다. 사채업자들은 협박 메시지를 보내고 나를 따라다니며 괴롭혔다. 내가 모든 것을 걸었던 투자는 사람들을 파산시키고 말았다. 그들 가운데 일부는 내가 죽기를 바랐다. 그 달에는 빈털터리라는 것이 나에게 완전히 새로운 의미였다. 나는 너무 멀리 와버렸다. 바위의 바닥을 볼 뿐만 아니라, 그 아래 파묻혀 들어갔다. 너무 깊이 들어가 있어 그 심연에서 다시 올라갈 수는 없었다.

스스로 목숨을 끊을까도 생각해봤지만 어떻게 해야 할지 방법을 몰랐다. 그래서 인터넷을 뒤져보았다. 그곳에는 가장 좋은 방법을 알려주는 포럼까지 있다는 것을 아는가? 포럼에서는 자신의 성격에 맞는 방법을 선택하라고 말한다. (웃음) 다량의 피를 흘리거나 가스 중독 같은 극단적인 방법이 당신에게 맞을 수도 있고, 아니면 고통이나 소음, 소란스러움이 없는 길을 택하는 것이 나을지도 모른다. 나는 마음을 정할 수가 없었다. 극단적인 선택지는 유혹적이었다. 그 선택지는 사채업자들에게 응당한 앙갚음이 될 것이다. 그것은 작지만 부유한 나라의 금 보유고를 무너뜨림으로써 엄청난 손실을 초래한 일련의 사건을 홀로 촉발하는 것과는 다른 문제였다.

내 인생에 대해 스스로 서둘러 결정하지 않으면 사채업자들이 결정할 것이다. 믿지 않을지 모르겠지만 그들은 영화에 나오는 동유럽 태생의 냉정한 폭력배들이나 진배없다. 뇌, 동정심, 감정 같은 인간의 일반적인 면모는 전혀 없다. 단지 돈, 그들이 보고 움직이는 것은 돈뿐이다. 그러나 누가 그들을 비난할 수 있는가? 우리 모두가 갓 날을 다듬은 수술용 메스로 목을 그으러 돌아다니는 것은 아니지만, 이 사채업계에서는 모두가 그렇게 된다. (기침)

그러니까 이미 말했듯이… 사채업자, 그들이 곧 우리 집 문을 두드리게 될 것이다. 도움을 청하기 위해 내가 아는 모든 사람을 찾아 돌아다녔지만, 그것은 문이 이미 세게 닫혀버린 다음의 일이었다. 내가 얼마나 멍청하게 보일까. 세상에서 추락하는 건 혼자라는 것을 우리 모두는 알고 있다. 눈물은 필요 없다. 그건 각자의 몫이고, 우리 모두의 운일 뿐이다. 이것이 결국 법칙이었다. 그래서 이 시스템이 끊임없이 수십억 달러를 만들어 낼 수 있는 것이다. 어떤 것도 그 돈 기계에 방해가 되는 것을 허용하지 않았다. 인간적인 실패는 간단하게 무시되어 버렸다.

내가 이렇게 되리라고는 상상도 하지 못했다. 나는 나 자신을 항상 과신했다. 다른 패배자들처럼 성스러운 금융의 제단에서 희생될 일은 결코 없을 것이라고 생각했다.

하지만 나는 이 꽉 막힌 상황을 뚫어낼 수 있는 방법을 연구했다. 지구의 어떤 외딴 구석으로 도망치는 방법도 찾아보았다. 사채업자들이 모든 곳에 사람을 심어놓고 있기에 도망간들 목숨을 보존하는 방법이 되기는 어려웠다. 그때 전화가 왔다. 이름을 댈 수 없는 친구한테서. 그는 나에게 밧줄을 던져준 유일한 사람이었다. 글쎄, 그래서 그를 친구로 생각해야만 한다.

"너를 위한 일이 하나 있어."

그가 말했다.

"일이 잘 풀릴 수 있지만, 리스크가 있어."

"리스크가 뭔데?"

내가 물었다. 그는 나에게 직접 만나 얘기하겠다고 했다. 일단 안전한 곳에서 만나야 했다. 우리는 사람들이 많은 공원을 선택했다. 핸드폰은 집에 둔 채 공원의 가장 붐비는 곳에서 만나기로 했다. 핸드폰을 도청하는 것은 요즘은 어린애들의 장난이었다.

그가 내게 하려는 제안은 어떤 레이더에도 잡혀서는 안됐다.

그는 공원에서 나를 알아보지 못했다. 내가 앉아 있던 벤치에서 그에게 신호를 보내야 했다.

"맙소사, 네 상태를 봐. 벌써 죽은 사람 같아 보여."

그는 직설적인 화법으로 얘기했다. 몇 달 동안 거울이 거의 똑같은 모습만 보여주고 있었기에, 난 거울에 내 모습을 비추지 않았다. 지난 몇 주 사이에 10년은 더 나이를 먹은 것 같았다. 머리는 희끗해졌고, 볼은 움푹 패였으며, 어깨는 구부러졌다. 더이상 꼿꼿한 자세를 유지할 수 없었고, 숨을 쉬는 대신 거친 쇳소리를 내었다.

"네가 걸어 다니는 시체처럼 보이는 게 도움이 되겠네."

그는 덧붙였다.

"잃을 게 별로 없잖아."

(기침)

"계획이 뭔데?"

불안감을 느끼기 시작하며 내가 물었다. 그 친구는 유머 감각이 없었기 때문에, 그의 한마디 한마디는 내게 엄청난 압박감으로 다가왔다.

"국제 업무라고 해두지."

그가 목소리를 낮추며 말했다. 우리 주변에서는 평범한 일상이 펼쳐지고 있었다. 건강을 유지하기 위해 달리는 사람들, 유모차를 끄는 엄마 아빠, 팔짱을 끼고 걷는 커플들, 버스커 한 명은 기타를 치며 "친구여, 대답은 바람에 날린다…"고 노래 부르고 있었다. 그 모든 세부장면들을 너무도 무섭게 똑똑히 기억하고 있다.

"어떤 바이러스가 있는데, 몇몇 사람들이 너를 통해 바이러스가 있는 세계적인 상황을 만들고 싶어해."

"세계적인 상황?"

나는 혼란스럽다는 듯 되풀이했다.

"난 이해가 안돼."

"바이러스가 이동해야 돼. 피해자들을 데리고."

그가 말했다.

"하지만 걱정하지 마. 바이러스는 단지 노인들이나 이미 병을 앓고 있는 사람만 죽일 거야."

요양원에 있는 어머니가 생각났다.

"뭐, 인류의 문제에 대한 일종의 다원식 해답 같은 건가?"

그는 점점 짜증이 나는 듯 얼굴을 찡그렸다.

"적게 알수록 좋아."

"내게 원하는 게 뭔데?"

내가 물었다.

"0번 환자가 필요해."

"0번 환자?"

"처음 바이러스에 감염되어 확산을 시작할 사람. 너는 여행을 하며 사람이 많이 모이는 곳을 방문해야 돼. 어디로 갈지는 알려줄 거야. 모든 비용은 분명히 지불될 거고."

"미친…"

"네 모든 빚은 청산될 거야. 새로운 신분, 직장과 함께 새 삶을 갖게 될 거고. 모든 게 준비되어 있어."

그는 침울한 어조로 덧붙여 나가며 얘기했다. 그의 말 자체는 설득력이 있었다.

"만약 내가 먼저 죽지 않으면?"

내가 말했다. 그는 고개를 끄덕였다.

"그래, 네가 죽지 않으면 무증상일 가능성이 크거나, 증상이 나타난다고 해도 치명적이진 않을 거야."

그는 나를 쳐다보았다.

"분명히 우리는 네가 임무를 수행하는 동안 건강하길 원해."

"미친…"

나는 다시 말했다.

"그러니까, 세상의 절반을 감염시킬 수도 있는 알 수 없는 바이러스를 내게 주사하고 싶다고?"

그는 고개를 끄덕였다.

"그래."

나는 무슨 말을 해야 할지 몰랐다. 원칙, 아니 오히려 원칙의 결여는 내게 익숙한 것이었지만, 그 한계가 갑자기 내가 알고 있는 그 어떤 것보다 높아져 있었다. 그들은 내 어머니, 전처, 친구, 이웃을 죽일 수 있는 전염병을 내가 일으키길 원했다. 이것은 사람을 파산시킨다거나 그들의 직업 혹은 집을 빼앗는 것과는 차원이 달랐다. 이것은 말 그대로 관 속의 시체를 의미했다.

"그래서 정확히 내가 뭘 하기를 원하는 건데?"

나는 물었다. 나의 패를 다 읽었다는 듯한 표정이 그의 얼굴을 스치고 지나갔다. 그는 내가 수락했다는 것을 알아챘다. 바이러스가 칼보다 낫다는 것, 그리고 만약 바이러스가 퍼지지 않는다면 내가 처벌을 모면할 수 없다고 생각한다는 것을.

"넌 나와 함께 국제기구들이 운영하는 중국의 연구소로 가게될 거야."

그가 대답했다.

"거기서 다시 유럽으로 가게 될 거야. 이탈리아부터."

"어째서 이탈리아지?"

내가 물었다. 그는 대답하지 않았다. 그가 언급한 '국제기구'들 가운데 일부가 이탈리아에 관심을 가지고 있을 것이라고 추측했다. 그것은 돈에 관련된 것일 거라고 나는 이해했다. 나는 돈이 어떻게 작동하는지 알고 있었다. 누군가는 죽고 누군가는 부자가 된다. 몸이 부르르 떨렸다. 그것이 나를 두렵게 했다. 그 떨림은 부분적인 두려움이면서 부분적인 흥분이기도 했다. 돈은 나를 흥분하게 한다. 여자보다도 더.

그 이후 어떻게 되었는지는 알 것이다. 모든 일들이 어떻게 전개되었는지. 내가 죽은 다음에 사람들이 진실을 알 수 있도록 나는 이 음성 메시지를 녹음해 두었다. 몇 년 후, 팬데믹에 대한 새로운 빛을 비추기 위해.

수년이 지난 후에도 나는 살아남았다. 친구의 말대로 나는 무증상이었기 때문이다. 그러나 내게서 바이러스가 전이된 1번 환자는 서른일곱 살의 나이에 혼수상태에 빠졌다. 그는 내가 초반에 탑승했던 기차의 내 옆 좌석에 앉았거나, 내가 목을 가다듬듯이 기침을 했을 때 커피를 주문하려고 줄을 서 있었을 것이다. 또는 그들이 나를 어떤 중국 회사나 다른 회사의 '고문'으로 참석하게 한 많은 모임들 중의 하나에 참석했을 수도 있다. 0번 환자가 끝내 발견되지 않았음은 말할 나위가 없다.

이 모든 일이 내게 한 가지를 가르쳐 주었다. 모든 것은 운으로 귀결된다는 것이다. 어떤 사람은 살고 어떤 사람은 죽는다. 우리 가족 가운데서는 나와 내 아들만 살아남았다. 그것은 내가 아들을 보기 위해 전처와 논쟁할 필요가 없다는 의미다. 아들은 집에서 수백 마일 떨어져 있는 해변가의 새 집에서 새로운 이름을 갖고 나와 함께 산다. 일 년 내내 눈부시고, 햇볕이 내리 쬐고, 새로운 친구들의 모임, 새로운 직장, 새로운 '사업' 지인들이 있다. 인생은 내가 말했듯이 행운의 문제다.

2020년 3월 16일

사망증명서

"다시 전화할게, 미안."

안드리우스 우르보나는 전화를 끊고 창밖으로 머리를 내밀었다.

"거기 무슨 일이오?"

그는 창문 아래 있는 남자들에게 소리쳤다. 그리고 그것을 보았다.

"아."

그는 밖으로 달려 나갔다. 이탈리아에 온 지 몇 주 지나지 않았지만, 자신의 일과 전혀 상관없는 일들을 끝도 없이 처리해야 했다. 리투아니아에서 이탈리아 병원을 돕기 위해 의료지원팀을 보내겠다고 했을 때 안드리우스는 자원봉사를 신청했다. 하지만 이런 악몽 같은 상황과 마주할 거라고는 상상도 하지 못했다. 끝도 없이 환자들이 밀려오고 중환자실 병상이 부족한데도, 이 나라 사람들은 마치 아무렇지 않은 듯했다. 게다가 모든 규칙에는 예외가 있고, 그 규칙에 대해 모든 사람이 한마디씩 내뱉는 것을 보며 구조적인 혼돈까지 겹쳤다.

짜증나는군 하고 생각한 게 몇 번째인지 몰랐다. 빌어먹을 이탈리아 놈들.

그는 흰 외투를 걸치고 거리로 나가 사람들 가까이 다가가며 마스크를 입 위로 끌어올렸다. 남자들 가운데 마스크로 입을 가리고 있는 사람은 아무도 없었고, 사회적 거리두기 규칙도 무시하고 있었다. 놀랄 일도 아니었다. 안드리우스는 머리카락을 쓸어 넘기며 땅 위에 쓰러진 사람을 내려다보았다. 죽었다.

"어떻게 된 겁니까?"

안드리우스가 물었다.

시체 주위에 모인 사람들은 두 명의 경찰관과 짙은 색 정장과 선글라스를 착용한 장의사 그리고 간호사 두 명이었다. 왜 이 나라 사람들은 흐린 날에도 선글라스를 쓸까?

"2층에서 몸을 던졌어요."

간호사가 얘기했다.

"어제 검사를 받았고 바로 양성반응이 나왔어요."

다른 한 명이 얘기했다.

"밤사이에 증상이 심해졌어요."

안드리우스는 몹시 화가 나서 그들을 노려보았다. 그건 아주 흔치 않은 경우였다. '이봐 러시아 의사, 당신이 누구라고 생각하는 거야, 여기 와서 우리한테 명령이나 하고!' 하는 침묵의 소리가 들리는 듯했다. 그것은 사람들이 그의 억양을 완전히 오해했기 때문이다. 빌어먹을 이탈리아 놈들.

"떨어졌습니까?"

"아뇨, 뛰어 내렸어요."

간호사가 다시 대답했다.

"자살인 것 같아요."

"아마 고통을 참을 수 없었겠지."

다른 한 명이 덧붙였다.

"아마 모든 것을 잃고 혼자 남겨졌다고 생각했을 거야."

경찰관이 제정신이 아닌 표정으로 말했다.

안드리우스가 이 사람들에게 짜증이 난 또 다른 이유는 그들의 감상주의였다. 글로벌 위기 상황에서 2층 창문 밖으로 몸을 던진 어떤 사내가 무슨 생각을 했는지 누가 신경이나 쓸까? 안드리우스는 자동적으로 죽은 남자로 인해 비게 된 중환자실의 병상에 생각이 미쳤다. 그가 해야 할 일은 또 무엇이던가? 지금까지 그가 한 일은 산 자와 죽은 자를 구별해주는 시체처리뿐이었다. 사망자 수가 계속 증가하고 있어서 그는 하루에 14시간씩 일했다.

"이제 치워 주세요."

안드리우스는 짜증난다는 듯이 시체가 있는 방향으로 고개를 홱 돌리며 말했다. 시체를 응급실 앞에 그냥 둘 수는 없었다.

"문제가 있어요."

간호사가 말했다.

"사망증명서가 필요합니다."

장의사가 말했다.

"우리는 코로나 바이러스를 사인으로 삼으려고 합니다."

"사인은 그게 아니었는데요."

안드리우스는 혼란스러워하며 말했다.

"왜 그렇게 하고 싶으시죠?"

"존중하는 마음에서요."

간호사가 대답했다.

"존중?"

안드리우스는 더욱 혼란스러워하며 말을 반복했다.

"네, 사인을 자살로 등록하면 그는 코로나 바이러스 수치에 포함되지 않을 테니까요."

장의사가 말했다.

"하지만 이 남자를 죽인 건 바이러스가 아녜요. 2층에서 뛰어

내려 자신을 산산조각 박살냈다고요."

안드리우스가 소리쳤다.

"그건 정확한 사실이 아닙니다."

장의사가 주장했다.

"이 남자는 자신이 바이러스에 걸린 것을 알고 병원 침대에서 혼자 죽어가길 원치 않았어요. 그러니 그를 수치에 포함하는 것이 맞습니다."

"하지만 그렇게 하려면 보고서에 거짓말을 써야 하는데…"

경찰관이 말했다.

"의사 선생님이 어떻게 할지 결정해주시겠소?"

안드리우스는 충격을 받았다.

"이해할 수가 없군."

그는 정말로 그랬다. 다들 대체 무슨 생각을 하고 있는 거지?

"이건 존중에 대한 문제예요."

간호사는 퉁명스러운 말투로 말했다.

"이 남자는 수치에 포함되어야 해요. 코로나 바이러스 통계에 포함되어야 한다고요."

"그러나 그는 바이러스로 죽은 게 아녜요."

안드리우스는 점점 더 기겁을 하며 대답했다.

"공정하게 말하자면 당신은 그걸 증명할 수 없어요."

장의사가 기분이 상한 표정으로 쏘아붙였다.

"무슨 소리예요?"

안드리우스가 대답했다.

"난 의사이고, 응급실 앞 포장도로에서 이 사람의 머리가 깨진 것을 보면 분명한 것을."

안드리우스는 간호사들이 그의 어투에 발끈하는 것을 보았다. 그는 한숨을 쉬었다.

"잘 들으세요. 여긴 카오스예요. 여러분은 지금 문제가 안되는 부분에서 또 다른 문제를 만들고 있어요. 시체를 빨리 처리하고 이 일을 끝내면 안됩니까?"

"당신이 결정한다면."

장의사는 제안했다.

"이 남자는 역사에서, 어쩌면 천국에서 더 정당한 대우를 받을 수 있겠죠. 자살은 하늘나라에서 좋은 평가를 받지 못한다는 것을 아실 텐데."

"제발 쓸데없는 종교적인 허튼소리는 집어 치우세요!"

안드리우스는 소리쳤다.

"오늘 아침 저 건물 안에서 죽은 환자가 25명이나 더 있다고요!"

"그들에게 경의를 표하기 위해 우리가 요구하는 것을 해야 할 더 많은 이유가 있습니다."

장의사가 말했다.

"의사 선생께서 이 아르투로 비안친 씨의 사망원인이 코로나 바이러스였다고 사인해주시겠소?"

경찰관이 요구했다.

"우린 공식 사인이 필요하오."

안드리우스는 그가 의학을 공부한 이유가 단지 빌뉴스의 도심에서 개인 클리닉을 운영하거나 종합병원 의사 또는 어쩌면 최고의 컨설턴트가 되고 싶었을 뿐이라고 소리치고 싶었다. 그런데 어떻게 팬데믹 한복판의 이곳 외국에서, 천국에 가기 위한 자격 따위의 말도 안되는 논쟁을 벌이게 되었단 말인가?

안드리우스는 그의 앞에 있는 다섯 명의 사내들을 바라보았다. 그들의 모습이 희미해지는 느낌이 들었다. 그런데 불현듯 그들의 얼굴에서 마치 정원에서의 긴 여름 오후를 떠올리게 하는, 어린 시절 친구들과 놀면서 술래잡기하던 시절의, 오랫동안 보지 못했던 표정을 발견했다. 안전을 기원하던 아이들은 포장도로의 틈새를 뛰어넘을 때 일종의 맹신 같은 것을 가지고 있었다. 틈새를 밟으면 허리가 부러진다! 어렸을 때 목이 쉬도록 노래를 불렀고, 안드리우스도 그것을 믿었다. 틈새를 피한 사람들은 행운을 누렸을 것이다. 그의 앞에 서 있는 남자들은 그들이 옳다고 생각하는 사망원인을 등록하면 시체에 행운이 오고, 그들 모두에게 은총이 내릴 것이라고 믿었다.

안드리우스는 가슴속에서 뭔가 부드러워지는 것을 느꼈다. 여기에 온 이후로 근무시간 사이에 무엇인가를 급히 삼키려 할 때마다 복부에 신물이 치밀어 오르며 무력함을 느끼게 만들곤 하던, 그를 짓누르던 참담한 마음의 무게가 가벼워지는 것을 느꼈다. 어깨의 짐이 덜어지며 표정이 부드러워졌다. 그 다섯 남자는 바로 그때의 안전을 기원하던 다섯 명의 아이들 같았다.

"알겠소."

안드리우스가 말했다.

"내가 하죠, 어차피 그들은 내 리투아니아 주소를 가지고 있지 않으니까."

사내들은 웃었고, 간호사들이 시체를 옮기기 위해 달려왔다.

"고맙소, 의사 양반."

장의사가 말했다.

"나도 하루에 당신만큼 많은 시체를 보지만 천국을 믿소."

"행운을 빌겠소."

안드리우스는 그들에게 빠르게 손인사를 하고 다시 병원으로 돌아갔다.

2020년 3월 17일

첫 키스

당신은 사랑이 오기를 평생 기다린다.

당신은 독신으로 지낸 지 너무 오래 되어서 몇 년째 독신인지 세는 것조차 잊어버렸다. 당신의 밤 생활은 가벼운 섹스와 가벼운 섹스 후 누군가가 당신에게 거짓 사랑으로 '연인'이라고 믿게 만든 후 바로 차버리는 비통함이 계속 오간다.

거울을 볼 때마다 나이를 먹는 것을 볼 수 있다. 좋아, 당신은 이제 막 서른살이 되었다. 그렇게 못생긴 편은 아니지만, 다시 돌아보면 이렇게 말하는 소리가 들린다.

'아가씨, 이제 남은 시간이 얼마 없어.'

당신은 피할 수 없는 상황에 대비하기 위해 고양이를 기를 생각을 하지. 하지만 당신은 고양이를 싫어해. 그 모든 털 뭉치 토사물과 죽은 새들…. 그건 당신이 아냐.

잠잘 때 당신은 엄청난 양의 안티에이징 크림 때문에 베개에서 미끄러지고, 양의 마릿수 대신 한숨을 세며 잠이 들지. 당신은 진보된 싱글로 시들어가고 있지만, 무슨 일이 일어났는지 잘 보라고. 당신은 사랑에 빠졌어. 그리고 그도 당신을 사랑해! 나란히 옆에서 하루에 14시간씩, 살아남기 힘든 환자들을 돌보며 마스크 위로 상사병을 공유하고 있어. 천국이지.

하지만 규칙상 사람들은 최소한 2미터는 떨어져 있어야 해. 포옹도 할 수 없고 손도 잡지 못하니, 다른 것은 말할 것도 없지. 당신은 사랑할 사람을 찾기 위해 평생을 기다렸지만, 그는 팬데믹이 한창일 때 당신의 삶 속으로 걸어 들어왔어. 늘 그런 법이지.

우리는 병원에서 만났다.

수습의사였던 그는 긴급 상황에서 정부의 도움 요청으로 오게 되었다. 병원에 나타난 첫날, 그는 겁에 질려 보였다. 나는 그가 병동으로 기어 들어가는 모습을 보고 웃었다. 그는 어처구니없어 보였고, 정말 물 밖에 나온 물고기였다. 그의 머리카락은 마치 개학날 늦게 일어나는 바람에 학교까지 전력 질주했지만, 책과 숙제를 집에 놓고 와버린 아이처럼 뻗쳐 있었다.

"야, 귀염둥이."

나는 복도에서 소리쳤다.

"투어하고 싶으면 전화 줘!"

"그쯤 해둬, 레오."

수석 간호사인 프랜신이 말했다. 비록 그녀도 같이 웃고 싶어하는 듯했지만. 그녀의 수염이 씰룩거렸다. 당시 모든 뷰티 스파와 미용실이 문을 닫았기 때문에, 시간이 흐를수록 사람들은 털이 많아졌다. 마치 네안데르탈인처럼 변하고 있었다. 불행히도 제모 크림은 생활필수품으로 분류되지 않았다.

그의 이름이 밀로라는 것을 알게 되었다. 새파란 동안의 신참은 책 속의 치명적인 바이러스와 바로 눈앞에 펼쳐진 완전히 진화한 팬데믹의 차이점을 빨리 습득해야 했다. 젠장, 어느 누구도 찾지 못한 해답을! 그들은 내게 그에게 풀처럼 찰싹 달라붙어 있으라고 했다. 문제없어! 나는 대답했다. 그가 얼마나 귀여운지 알아? 내내 하얀 가운에 가려 있었지만, 그는 귀여운 엉덩이를 가지고 있었다. 그는 키가 크지는 않았다. 하지만 그의 두꺼운 머리카락은 손가락으로 쓸어 넘겨주고 싶을 정도였다.

"그 사람이 게이라고 생각해, 프랜신?"

나는 물었다.

프랜신은 안경 너머로 나를 바라보았다.

"그만 쉬어, 레오."

게이 애플리케이션에서 그를 검색해보았다. 그러나 아무것도 나오지 않았다. 어떤 소셜 미디어에서도 그를 찾을 수 없었다. 호텔, 라비올리 한 접시, 지저분해 보이는 거리 위로 노을이 지는 똑같이 슬픈 사진으로 도배된 사진첩이 들어 있는 인스타그램의 프로필을 제외하고는. 확실히 예술가는 아니었다. 반드시 필요한 경우를 제외하고는 병원 내 누구와도 이야기하지 않았기 때문에 잠재적인 소시오패스일 수도 있다고 생각했다.

"이봐요, 당신은 왜 항상 제 뒤에 있죠?"

그가 내게 가장 많이 한 말이었다.

"글쎄, 2미터 거리두기 규제를 지키기 때문에 '뒤에' 있다고 말하긴 힘들 것 같은데요."

나는 언제나처럼 과장된 몸짓으로 손을 허공에 던지며 대답했다.

"꼭 알고 싶다면, 처음 며칠 동안 당신을 지켜보라는 지시를 받았기 때문에."

"졸업 전에 병원 실습을 마쳤습니다."

그는 기분이 상한 듯 되받아쳤다.

"그건 의심하지 않아요."

나는 말했다.

"하지만 중요한 건 우리가 서로 돌봐주고 있다는 거예요. 안 그래요? 바이러스 때문에 사람들은 어느 때보다 고독하고, 지금 너무도 슬픈 삶을 살고 있죠."

내가 너무 우스꽝스러워 보인다는 것을 깨닫고 손등을 이마에 갖다 댔다. 그것이 스트레스를 푸는 데 도움이 됐다. 너무 마초적으로 살려고 애쓰다 보니 내 감정을 무시하면서 얻은 것은 위산 과다 같은 속쓰림이었다.

그는 아무 대꾸도 하지 않았다. 우스운 눈초리를 던지며 조금 노려보더니, 나의 역할을 받아들였다.

나는 우리가 함께 일하는 시간에 의존하기 시작했다. 우리는 1980년대 B급 에로영화에 나오는 등장인물같이 귀여운 의사와 간호사였다. 내 가슴은 나오지 않는. 엘로프람을 복용하는 나 같은 사람이 매일 밤 실내에 갇혀 있어야 하고, 쉬는 날 누군가를 집에 초대해 커피를 대접하거나 성관계를 갖지 못하는 것은, 제정신을 유지하는 최선의 방법은 아니었다.

그래서 말하자면 밀로가 내 인생을 살려냈다. 내가 도뇨관 같은 걸 제거하는 동안 내 옆에서 건강상태를 체크하는 그에게 빠진 건, 말 그대로 내가 미치는 것을 막는 게임으로 시작되었다.

그런데 그때 그의 말을 들은 것 가운데 두 번째로 긴 말을 들었다.

"아마도 올해는 게이 프라이드 행진이 없겠군."

아, 이렇게 기쁠 수가. 암호 메시지? 그래, 자기야. 올해는 게이 프라이드 행진도 없고, 깃발과 깃털로 치장하고 사람들 앞에 나타나는 야한 게이에 대한 불평거리도 없어. 게이 채팅에 들어가기 위해 줄을 서서는 '우리 모두가 게이처럼 행동하지는 않아'라고 얘기하는 남자들이 마침내 원하던 바를 얻을 수 있을 거야. 술이 확 깨는 것 같은 상태랄까. 이게 내 생각이었지만, 나는 이렇게 내뱉고 말았다.

"이럴 수가, 난 당신이 게이인 줄 알았어요! 정말 안도감이 드네요."

"무슨 안도감이오?"

그가 손을 문지르며 물었다. 우리는 병동 바로 옆의 탈의실에 있었는데, 그 순간 나는 옷을 벗어버리고 싶은 기분이 들었다!

"알잖아."

나는 대답했다

"알잖아."

그가 맞장구쳤다. 그건 마치 우리가 '알잖아' 대신 '사랑해' 하고 말하는 것 같았다. 그래 제길, 미친 짓인 건 알지만. 그는 수줍어했다. 나는 우리 둘 사이에 불꽃이 튄 것을 느낄 수 있었다. 우리가 같은 방에 있을 때면 마치 내 안에 불을 밝힌 것 같았다. 나는 억눌린 긴장을 풀기 위해 어느 날 노래를 부르기 시작했다.

"적당히 해, 레오."

프랜신이 나를 노려보며 말했다.

"사람들이 죽어가고 있어."

알아, 알아. 하지만 난 사랑에 빠졌어. 샴페인처럼 뱃속에서 부글부글 끓는 것을 느낄 수 있었고, 난 취해 있었어. 어쩌면 그것은 내 주변에서 일어난 모든 죽음에 대한 내 방식의 반응일지도 몰랐다. 나를 데려가 보라고, 어쩌지 못하겠지만.

하지만 바이러스는 날 감염시켰다. 난 죽을 것 같았고, 그걸 느낄 수 있었다. 내 생명은 고갈되고 있었고, 숨결은 짧아졌다. 몸은 더욱 뻣뻣해졌다. 삶은 점점 멀어져가고 있었다.

"정신차려, 레오."

프랜신은 정맥주사를 놓으며 말했다.

"가벼운 상태야. 곧 두 발로 다시 일어설 테니까. 제발, 살아야 돼."

밀로는 틈만 나면 나를 보러 왔다. 마스크 위 그의 눈은 내게서 떨어질 줄을 몰랐다. 우리는 대화를 나눴다. 내가 만화책을 좋아하는 것을 알고 그는 만화책을 가져다주었다. 어느 날 웃음이 터져 죽는 줄 알았다. 정말이지 너무 심하게 웃어서 폐가 터질 것 같은 느낌이었다. 웃다가 내가 말했다.

"귀염둥이, 나 키스하고 싶어."

알아, 알아. 그건 어떤 교활한 목적이 있었던 게 아니고 그냥 튀어나온 말이야. 아마도 이렇게 얘기하는 편이 나았을지 모르겠다.

"날 때려눕히고 데려다가 당신의 노예로 삼아!"

마치 내 말이 그의 뺨을 때리고 그에게 돌을 던지기라도 한 듯, 그는 뒤로 물러서며 고개를 숙였다.

"비상사태가 끝나고 나서?"

그는 다시 고개를 들어 미소 지었다.

할렐루야. 약속을 지키는지 두고 볼 거야, 자기야! 비상사태는 어느 시점에서 끝날 것이고, 그러면 그가 나에게 키스를 할 수 있다. 나도 그에게 키스를 해야지. 그러고 나면 인생은 새롭게 시작될 것이다. 어쩌면 엘로프람을 떼어낼 수도 있다. 아니면 고양이를 키울 수도 있다. 내 인생이 사랑으로 가득 차서 털 날리는 고양이조차 그 일부가 될 수 있으니까.

"이제 가봐야 해."

그가 말했다.

"이따가 다시 보러 올게."

그는 장갑 낀 손을 뻗어 자신이 서 있는 침대 밑바닥의 내 맨발에 살며시 얹었다. 1초도 채 걸리지 않았지만 오랜 시간 동안 아무와도 포옹할 수 없었던 탓인지, 내 눈에는 눈물이 고였다. 그 후 나는 몇 시간 동안 그의 손길을 피부로 느꼈다.

그래서 우리의 첫 키스는 사실 전혀 키스가 아니었다. 그러나 여러분, 내 안에서 불꽃을 일으킨 삶을 아는가. 그것이 격퇴한 바이러스, 커튼 사이로 흘러들어오는 낮은 오후의 태양, 말 그대로 내게는 고향과도 같은 소독약 냄새… 그리고 복도로 사라지기 전 문간에서 돌아서 흰 가운을 옆으로 젖히며 말하는 남자.

"있잖아, 당신이 내 엉덩이 보고 있는 거 다 알아."

아, 추억이여.

2020년 3월 18일

재판

일부 사람들은 한스 그루버 판사가 역사를 만들고 싶어한다고 주장했다.

"그는 단지 약간의 스포트라이트를 원할 뿐이죠."

다른 사람들은 말했다.

코로나 바이러스가 엄청난 사상자를 낸 다음 결국 백신이 개발되어 배포되었다. 이유야 어찌됐든 2022년 7월, 그는 더 공정한 세상을 건설하는 데 자신이 역할을 할 때가 왔다고 판단했다.

그 여름날 아침, 양치질을 하고 있던 그에게 그 생각이 퍼뜩 떠올랐다. 이제 모든 것이 끝나고 그에게 남겨진 것은 고통스러운 기억과 충격적인 상실감뿐이었다. 남은 일생 동안 어떻게 아들 피터에 대한 부분을 참아낼 수 있을지 고민하고 있었다.

한스의 생각은 일생의 사랑이자 피터의 엄마인 아내 카트린에게 향했다. 아내에 대한 생각이 잠시도 머릿속을 떠나지 않았다. 아내는 시체를 가득 실은 트럭에 실려 수백 마일 떨어진 도시에서 화장되었다. 그녀를 보거나 포옹하거나 마지막 작별인사를 나누는 것도 허락되지 않았다. 그가 받은 것은 그녀의 유골이 들어 있는 보기 흉한 갈색 플라스틱 유골함뿐이었다. 혼돈스러웠다. 그 안에 실제로 무엇이 들어 있는지 누가 알까?

모든 것은 피터의 잘못이었다. 그 피터가 지금 옆방 소파에 앉아 비디오 게임을 하고 있었다. 마치 아무 일도 없었다는 듯이, 그는 곧장 자신의 삶 속으로 돌아가기 위해 대학으로 떠날 예정이었다. 비디오 게임, 빌어먹을 코찔찔이 학생놈 같으니라고. 한스는 순간 분노가 치밀어 올라 세면대에 치약을 내뱉었다.

아이디어가 떠오른 것은 바로 그때였다. 팬데믹 기간 동안 옳게 행동하지 않고 바이러스의 확산에 기여한 모든 사람을 심판해 유죄를 선고하기 위한 획기적인 재판, 나치 전범을 단죄한 뉘른베르크 재판처럼 말이다! 이번에는 수많은 생명이 위험에 처해 있던 그 역사적으로 어려운 시기에 자기 자신만 생각했던 아들 피터 같은 사람들이 피고인이 될 것이다.

몇 달이 흘러 2023년 2월 2일 새벽이 되었다. 한스는 법복을 입으며 세계 통신 역사상 가장 많은 청중에게 생방송으로 중계될 예정인 이벤트에서 자기 나라를 대표할 준비를 했다. 제2차 뉘른베르크 재판은 2년간의 긴 고통 끝에 유럽이 어떻게 회복되고 정의를 요구하는지 보여주는 상징이었다. 그 상처의 일부는 유럽위원회가 이미 확인한 특정 집단의 이기적인 행동에 의해 야기되었다. 1948년의 첫 뉘른베르크 재판처럼 각 회원국은 판사와 대체인력 그리고 검사를 파견했다.

그가 법정을 향해 사무실을 나서자 한 여자가 그를 향해 다가왔다.

"한스, 하지 마."

그녀가 말했다.

그루버 판사는 조금도 신경을 쓰지 않고 그녀를 지나쳤다. 그는 고개를 높이 쳐든 채 동료 판사들을 향해 걸어갔다.

한 기자가 그를 멈춰 세웠다. 그리고 마이크를 그의 얼굴에 갖다 대며 소리쳤다.

"그루버 씨, 당신 아들 피터가 사실 당신 아내와 다른 남자와의 관계에서 나온 사생아였다는 것이 사실입니까? 그래서 복수를 하려는 겁니까?"

다시 한 번, 그루버 판사는 움찔하지 않고 집중력을 유지했다. 그는 성큼성큼 법정으로 들어섰다. TV 카메라와 수백 개의 스포트라이트 사이를 지나 동료 판사 무리에 합류했다. 얼마 지나지 않아 그들 모두 긴 벤치 의자에 단정히 앉았다. 그들 앞에는 그날의 피고인들이 착석해 있었다. 125명의 피고인 속에는 유럽 여러 나라 출신이 망라되어 있었다. 이들 외에도 훨씬 많은 젊은 이들이 같은 죄목으로 자국의 사법체계 내에서 재판을 받을 예정이었다.

'존속살인.'

고대 로마에서 존속살인은 포에나 쿨레이로 처벌했다. 죄를 지은 사람은 살아 있는 동물이 들어 있는 가죽 자루 속에 담겨 시내를 질질 끌려 다녔다. 보통 수탉이나 개 같은 주로 상징적인 가치를 지닌 동물을 함께 넣은 다음 자루를 꿰맸다. 그렇게 해서 죽은 사람의 시체는 티베르 강에 던져졌다. 그 당시 존속살인범은 중죄인으로 여겨졌다.

한스는 피고인들을 한 명 한 명 살펴보았다. 좋은 집안 출신임을 말해주듯 하나같이 풋풋한 얼굴의 젊은 남녀들이었다. 집에서 멀리 떨어져 공부하거나, 에라스무스 프로젝트에 참여하거나, 호주머니에 신용카드를 넣고 여행할 수 있을 정도로 부유해 보였다. 그루버 판사의 특정 명령에 의해 그들 사이에 앉아 있는 피터처럼 말이다. 피터는 규칙을 어겼을 때 치러야 할 대가의 본보기로 보일 것이다. 그리하여 한스의 눈앞에서 영원히 사라지게 될 것이다.

"신사숙녀 여러분, 이제 곧 시작합니다."

스튜디오에서 생방송 진행상황을 중계하는 기자는 들떴다.

그의 뒤에 설치된 대형 스크린에는 초대형 재판이 열릴 법정 안의 모습이 보였다.

"세계 역사상 가장 크고 가장 복잡한 재판이 곧 진행됩니다. 혹 어떤 분들께서는 가장 불합리한 재판이라고 할지도 모르겠습니다. 이제 막 시청을 시작하신 시청자분들께 이 2차 뉘른베르크 재판은 연속되는 12번의 세부 재판으로 이루어져 있다는 점을 상기시켜드립니다. 오늘은 2020년 바이러스 위기 때 부모 중 한 쪽 혹은 양쪽 모두를 살해했다는 존속살인 혐의에 대해 시청하시게 될 것입니다."

"네, 마이크 씨. 맞습니다."

그의 공동 진행자가 회한에 찬 모습으로 카메라를 들여다보며 합세했다.

"이 특별한 재판은 그루버 판사가 이끌게 될 것입니다. 여러분들도 잘 아시겠지만, 그루버 판사의 아들은 부모의 죽음으로 유럽 전역에서 기소되어 온 125명의 젊은이들 중 한 명입니다. 그루버 판사의 부인이 2020년 5월 7일 공격적인 변종 바이러스로 사망했다는 사실도 전해드립니다."

"그루버 판사의 아들 피터 씨가 이탈리아에서 수행한 에라스무스 프로젝트를 마치고 돌아왔을 때, 그녀를 감염시켰습니다."

마이크가 흥분한 듯 다음 설명을 했다.

"국제적으로 여행 제한조치가 내리고 경보가 발령되었음에도 불구하고, 피터 씨는 독일로 산소호흡기를 운송하는 트럭을 얻어 타고 이동하게 됩니다. 이탈리아 제조사는 2020년에 필수 의료기기를 만들어 수백만 명의 생명을 구했지만, 피터 씨의 어머니는 아니었죠! 안나 씨, 수치를 간단히 살펴볼까요?"

"네, 마이크 씨."

이미지가 나타나자 카메라를 보려고 몸을 뒤틀며 그녀가 말했다. 숫자와 백분율이 있는 그래프였다.

"보고서에는 2020년 팬데믹 당시 32만 7천 명의 학생들이 타지에서 자국으로 돌아가 29만 4천 명이 사망하는 결과를 초래했다고 쓰여 있습니다. 사망자의 92퍼센트는 학생들의 부모, 5퍼센트는 조부모, 그리고 3퍼센트는 다른 친척이었다고 합니다. 이탈리아 남부에서는 가족 구성원 모두가 사망한 사례가 수천에 이릅니다. 전체의 30%는 프랑스, 독일, 스페인을 포함한 다른 나라에서 발생하였습니다."

"그럼, 우리가 보고 있는 것은 가족간 행위에 대한 심판인가요?"

마이크가 물었다.

"확실히 그렇게 보입니다, 마이크 씨. 한스 그루버 판사는 처음부터 제2차 뉘른베르크 재판의 핵심 멤버였으며, 오늘 열린 존속살인죄, 즉 부모 살해에 대한 공판은 그루버 판사가 앞장서

밀어붙였습니다. 존속살인죄를 밀고 나가면서 그루버 판사는 깊은 분열을 만들어냈고, 그를 막고자 하는 대규모 국제 시위가 열렸지만, 그럼에도 불구하고 재판은 진행될 것입니다. 오늘 시작되는 재판은 생방송으로 중계해드릴 예정입니다."

"집에 계신 시청자 분들은 단지 실시간으로 시청만 하시는 게 아닙니다."

법정 실시간 화면이 생방송 스크린에 다시 등장하자, 마이크가 덧붙였다.

"여러분 모두는 몇 시간 동안 판사가 될 수 있으며, 저희 채널 앱의 시뮬레이터를 사용해 평결을 등록할 수 있습니다. 공식적인 평결은 뉘른베르크에서 나올 것이 틀림없지만, 이것은 여러분들이 발언권을 가질 수 있는 기회입니다. 판사의 입장이라면 어떻게 투표하시겠습니까?"

"이 젊은이들은 정말 부모를 죽인 죄가 있을까요? 위험지대를 탈출해 집으로 돌아간 것이 범죄일까요?"

안나가 더욱 침울한 어조로 물었다.

"그들이 한 일은 정상일까요, 아니면 무책임한 일일까요?"

마이크가 끼어들었다.

"그들은 단지 무모한 십대일까요, 아니면 더 큰 공동체를 위해 특정한 책임을 져야 하는 어른일까요? 그들이 공동체에 대해 책임을 져야만 할까요?"

"시청자 여러분, 마음을 정해야 할 때입니다."

안나가 말했다.

"판결을 앱에 등록하고, 인기투표가 뉘른베르크에서의 배심원단 평결과 일치하는지 확인하시기 바랍니다. 재판 전 과정을 생중계할 예정입니다! 채널을 고정해주시고, 역사의 한 페이지를 장식할 준비를 해주시기 바랍니다!"

2020년 3월 19일

여행 키트

"제가 할게요."

여자가 말했다.

두 번 생각할 것도 없이 그녀는 손을 들었고, 다른 손은 펜으로 머리를 긁느라 바빴다. 놀라서 눈을 크게 뜬 열다섯 쌍의 눈이 그녀를 향했다.

"정말이야, 엠마?"

테스트 코디네이터가 물었다.

"네."

엠마는 어깨를 으쓱했다.

글로벌 불임연구소에서 엠마는 열정과 적극성에서 그다지 눈에 띄지 않는 존재였다. 그런 까닭에 동료들은 이 예상치 못한 일에 놀라움을 금치 못했다. 사실 엠마는 연구자의 삶이 그렇게 지루할 줄 몰랐다. 신나는 일은 전혀 일어나지 않았다. 운이 좋아서 결과를 얻어도 거기까지 도달하는 데 너무 오랜 시간이 걸렸다. 그래서 결과를 얻을 때쯤이면, 이미 무엇을 찾고 있었는지 잊어버리고 말았다.

어떤 것도 운에 맡길 필요가 없는 완벽해 보이는 세상에서 그녀는 지금까지 몇 년 동안 계속해서 단조로운 나날을 보내고 있었다. 공기는 깨끗하고 상쾌했다. 날씨는 계절과 완벽하게 조화를 이루고 있었다. 딸기는 딸기다운 맛이 났다. 범죄율은 사상 최저치를 기록했다. 그녀는 자전거를 타고 출근했다. 심지어 새들도 서로 제시간에 맞춰 노래를 부르는 것 같았다. 너무 지겨워. 엠마는 하루에도 몇 번씩 혼잣소리로 말했다. 지겨움이 그녀의 머릿속에 떠오르는 유일한 생각이 되어가고 있었다.

"아주 잘했어."

코디네이터가 말했다.

"다른 사람들은 모두 제 자리로 돌아가. 엠마와 나는 로지타 일을 시작할 거야."

로지타는 그들이 T-M-538에 붙인 이름이었다. 538번째 타임머신 프로토타입. 처음으로 잘 작동이 될 것 같은 프로토타입이었다. 지금까지 테스트가 잘 진행되었지만, 마지막 테스트가 한 번 남았다. 바로 사람이 주도하는 미션이었다.

엠마는 전에 이미 수없이 들은 지시를 또 받았다. 코디네이터는 마치 수년간 실패한 테스트 내내 엠마가 주의를 기울이지 않았다고 생각하는 것 같았다. 테스트를 할 때마다 매번 엠마는 실망하고 주저앉았다. 세상을 바꾸려는 자신의 힘에 대한 완전한 믿음은 비참한 무관심으로 탈바꿈하고 말았다.

"2020년 팬데믹의 진행 과정에서 참사를 피할 수 있는 시점이 있었어."

코디네이터는 엠마에게 말했다.

"우리는 그 순간으로 돌아가서 우리 조상들에게 코로나 바이러스의 장기적인 영향력에 대해 알려주어야 해."

엠마는 본능적으로 자신의 배 위로 손을 가져갔다. 코디네이터는 계속해서 말했다.

"중국에서 이탈리아로 퍼졌어, 기억나? 두 나라는 다른 유럽 국가들과 마찬가지로 서로 교역하는 사이였지. 그 후 스페인, 프랑스, 독일, 영국 등 대륙 전역에 핫스팟이 생겨났어."

엠마는 그들이 보고 있는 화면의 한 이미지를 가리켰다.

"이게 뭐죠? 이 사람들은 왜 파랗게 칠해져 있는 거죠?"

"그건 바이러스에 대한 두려움을 없애기 위한 집단 모임이야. 3,500명의 사람들이 어린이 텔레비전 쇼에 나오는 캐릭터 차림의 옷을 입고 거리로 나왔어."

코디네이터가 설명했다.

"100명만이 살아남았어."

엠마는 어깨를 움찔했다. 그녀는 조상들의 풍습에 대해 잘 알지 못했다. 그들은 거의 2세기 전에 살았다. 그들이 무엇을 하려고 했는지 이해하기에는 너무 긴 시간이었다. 시간여행 핸드북 7번이 해결해주기를 바랄 수밖에 없었다. 거주지, 관습, 전통이 다른 상황에 빨리 적응하도록 도움을 주는 책자였다. 그녀는 인류를 구하는 것이, 자신이 이미 직면해 있는 다른 모든 리스크들을 안고, 자신의 얼굴마저 파랗게 칠해야 한다는 의미가 아니기를 바랐다.

트레이닝이 끝나자마자, 엠마는 2020년을 여행하기 위해 필요한 모든 것이 담긴 여행 키트를 받았다. 그녀는 키트를 집으로 가져가 자세히 살펴보고 출발 준비를 했다. 출발은 대중들에게 임무를 알리는 기자회견이 끝난 이틀 후가 될 것이다. 그녀는 친구들 몇 명을 초대해 집에서 파티를 열었다. 이번 달에는 배급식량이 필요 없기 때문에, 배급식량 쿠폰을 사용해 술을 몇 병 샀다. '혼합 견과류' 같은 희귀품을 파는 빈티지 숍에 들어가기도 했지만, 그런 것을 살 여유는 없었다.

"엠마를 위하여!"

몇 시간 후 그녀의 친구 한 명이 잔을 들며 소리쳤다.

"네 여행을 위해 건배! 그런데 그 여행 키트에는 뭐가 들어 있지? 보고 싶다!"

모두가 박수를 치고 휘파람을 불며 분위기를 띄웠다. 엠마는 연구소에서 받은 키트를 가져와 모두가 볼 수 있도록 방 한가운데 자리한 깔개 위에 놓았다.

키트는 그들 주변의 다른 모든 물건과 마찬가지로 재활용 재료로 만든 회색 상자 안에 들어 있었다. 엠마는 가슴을 설레며 키트를 열었다. 정체를 알 수 없는 여러 가지 물건이 눈에 들어왔다. 키트 속 물건의 올바른 사용법을 적은 단계별 사용설명서가 제일 위에 놓여 있었다.

"이 옷들 좀 봐."

엠마가 몇 가지 물건을 들어 올리며 말했다. 그리고 그것들을 펼쳐놓고 설명서를 읽었다. 청바지라고 하는 파란색 느낌의 바지가 있었다. 이리저리 돌려가며 살펴보았다. 산업 제조시대의 직물이 매우 완벽하고 아름답다고 느꼈다. 친구들은 청바지를 보고 웃으며 깜짝 놀라 꽥액 소리를 질렀다. 그러면서도 다들 청바지를 만져보고 싶어했다. 더 이상 존재하지 않는 세상의 유물을 가지고 있자니 이상한 기분이었다.

"엠마, 그거 한번 입어봐!"

친구 중 한 명이 부추겼다. 엠마는 피식 웃었다. 그리고 일어서서 입고 있던 치마 밑으로 청바지를 입었다.

"이거 꽉 끼는데."

엠마는 무릎 위로 청바지를 잡아당기며 말했다.

"잠깐, 내가 도와줄게."

친구가 말했다.

"옛날에는 이걸 이런 식으로 입었어. 독일 역사시간에 배웠거든."

마치 손에 꼭 맞는 장갑을 끼듯이, 그녀는 청바지를 엠마의 엉덩이 위까지 당겼다. 청바지는 완벽했고, 엠마의 다리 윤곽에 꼭 달라붙었다.

"목화에서 추출한 탄력 있는 섬유가 들어 있는 것 같아."

친구는 숨을 내쉬며 설명했다.

"정말 멋지다."

엠마는 청바지 모델이 된 기분이었다. 청바지는 지금 입고 있는 형체 없는 옷과는 전혀 달랐다. 얼마 지나지 않아서 엠마는 숨을 쉴 수 없다고 느끼기 시작했다.

"이렇게 꽉 끼는 청바지를 어떻게 하루종일 입고 다닐 수 있었을까?"

"어쩌면 불임증을 만든 건 바이러스가 아니라 청바지일 수도 있어."

아무도 웃지 않았지만 친구 하나가 농담을 했다. 그것은 자주 웃는 주제는 아니었다.

엠마는 휴대폰, 신용카드, 배낭, 신분증, 운전면허증 등을 꺼냈다. 지난 150여 년간 사람들은 모터로 동력이 생기는 차량은 운전하지 않았기 때문에, 운전면허증은 왜 필요한지 궁금했다. 어쩌면 운전을 해볼 수도 있겠다는 생각에 오랜만에 흥분의 전율을 느끼긴 했지만. 그리고 콘돔이 몇 개 들어 있었다. 그것이 무엇인지 알기 위해 설명서를 힐끗 보았다. 설명서에는 성병 방지를 위한 보호도구라고 적혀 있었다.

"2020년에 귀여운 남자친구 한 명 만들 거야?"

한 친구가 묻자 모두 웃음을 터뜨렸다.

"제한 없는 섹스에 호환성 테스트와 자료수집도 없다니! 정말 부럽다, 엠마! 그리고 선택할 수 있다고 생각해봐! 우리는 10억 명의 사람들을 말하고 있다고! 최대한 활용해봐!"

더 많은 박수소리가 났고, 엠마의 얼굴은 밝은 빨간색으로 타올랐다. 그녀는 섹스에 대해 생각해본 적이 없었다. 수백만 명의 모르는 사람들을 그녀가 마음대로 할 수 있다. 그것은 핸드북에는 없는 하나의 혜택이었다! 2020년에 누군가와 사랑에 빠지면 어떻게 하지? 그녀의 상상력은 풍부해졌다.

저녁이 끝나고 모두에게 작별인사를 할 시간이었다. 친구들의 얼굴이 심각해졌다. 그들의 포옹은 점점 눈물을 자아냈다. 다시는 만나지 못할 가능성이 크다는 것을 모두 알고 있었다. 과거로 가서 엠마가 무엇을 하든 간에, 만약 기계가 그녀를 과거에 데려다주면서 해체되지 않는다면, 미래에 그들 모두에게 안 좋은 결과가 있을 수 있다. 엠마가 귀환했을 때 그들이 더 이상 존재하지 않는 것일 수도 있다. 엠마 자신은 시간의 패러독스 안에서 영원히 사라질지도 모른다. 아니면 갈색머리 대신 금발로 돌아올 수도 있다. 키가 커질 수도 작아질 수도 있다. 달라지는 것이다. 당신을 '당신'으로 만드는 것에는 너무나 많은 다른 요소들이 작용하고 있다.

엠마는 마지막으로 친구들을 껴안고 문을 닫았다. 여행 키트는 여전히 라운지 깔개 위에 펼쳐져 있었다. 그녀는 마치 자신이 받아들이기로 한 일만 생각하기로 한 듯이, 거리를 두고 여행 키트를 훑어보았다.

엠마는 10층에 위치한 그녀의 아파트 창문으로 갔다. 거기서 도시 전체를 볼 수 있었다. 또한 그것이 현재 온 세상의 전부이기도 했다. 기후가 온화하고, 땅이 비옥하고, 적대성이 없는 자연 속에서 함께 사는 사람들은 몇 백만 명에 불과했다. 이러한 삶이 이어진 지 벌써 백 년이 넘었다. 소수의 사람들만 지구의 한 귀퉁이에서 살아가고 있었다. 지구의 나머지 대부분의 지역은 온갖 식물과 나무에 의해 삼켜졌다.

인류는 코로나 바이러스에 의한 것으로 추정되는 유전적 문제를 지니게 되었다. 연구기관이 해결책을 찾지 못하면 인간은 멸종될 것이다.

엠마는 배를 만졌다. 다른 많은 사람들처럼 그녀는 태어날 때부터 불임이었다. 그녀는 모성애를 다룬 수많은 책을 읽었는데, 그것은 놀라운 소리였다. 그녀가 돌아왔을 때, 어쩌면 온전하지만 다른 선택권도 가진 여전히 같은 엠마가 될지도 모른다. 이제 모든 것이 그녀에게 달려 있었다. 마지못해 그녀는 창가에서 몸을 뗐다. 그리고 모든 물건을 다시 상자에 챙겨 넣고 잠자리에 들었다.

"잠 좀 자, 엠마."

코디네이터가 그녀에게 재촉했다.

"너에겐 중요한 임무가 있어."

2020년 3월 20일

스피터스

지루함이 머리를 어지럽히고 있었다. 나는 3주 동안 집안에 틀어박혀 있었다. 모든 것은 우리가 어떤 희생을 치르더라도 지켜야 했던 노인네들 때문이었다. 누가 실제로 노인을 신경 써? 나는 스무 살이었고, 내 인생은 이제 시작이었다. 그런데 대학교, 도서관, 체육관 그리고 친구들과 함께 갔던 술집은 모두 문들 닫았다. 이미 발 한쪽이 무덤에 들어가 있는 것이나 다름없는 늙어빠진 노인네들을 살리기 위해서.

처음 3주는 지독히 지루하면서도 기억이 흐릿한 TV 시리즈와 인터넷이 전부였다. 하루에 12시간을 빌어먹을 스크린 앞에서 보냈다. 처음에는 미개하다는 생각이 들었다. 하지만 가족들은 나를 비난할 수 없어! 그들은 집에서 일하고 있었고, 내가 멀리 떨어져 있을수록 더 좋았을 테니.

그 신기함은 조금 지나 차츰 사라졌다. 몸 상태가 안 좋아지는 느낌이 들기 시작했다. 많이 아팠다. 처음에는 바이러스에 걸렸다고 생각했으나, 컴퓨터나 TV 앞에 앉을 때 아픈 느낌이 온다는 것을 깨달았다. 비디오를 너무 오래 봤다. 정말로 토할 것 같았고, 시야가 흐려지며 머리는 빙빙 돌았다.

그때 나는 스스로에게 말했다. 메그, 정신차려라. 당장 엉덩이 떼고 일어나서 뭔가를 해. 그렇지 않으면 사방이 벽으로 갇힌 네 인생이 널 죽일 거야, 생쥐들보다 훨씬 먼저. 펜과 종이를 꺼내 계획을 세우려고 했다. 하지만 논리적인 생각을 전혀 할 수 없는 거의 백지상태였다. 3주간의 고립이 뇌 속에서 발달하는 신경세포들을 전멸시킨 듯했다. 제기랄, 나는 내 나이보다 빨리 늙어가고 있다고 생각했다. 거울에 비친 얼굴을 자세히 살펴보았다. 다크서클, 칙칙한 피부, 움푹 들어간 볼 등의 징후가 보였다.

빌어먹을 노인네들, 나는 또 생각했다. 그들 모두가 한 번에 다 죽어버리면, 빨리 그렇게 된다면, 우리는 평범한 삶, 더 나은 삶으로 돌아갈 수 있을 것이다. 자연의 섭리는 마침내 그 길을 가게 될 것이라고 온라인 어딘가에서 읽은 기억이 난다. 알츠하이머 때문에 망령이 나서 지난 10년 동안 요양원에 갇혀 있던 90대 노인네들로부터 혜택을 받은 사람은 의료업계 사람들뿐이라는 것이다. 낭비되고 만 그 엄청난 연금에 대한 비용을 부담하는 우리를 위한 사회는 확실히 아니었다.

가장 친한 친구인 제아에게 전화했다.

"잘 들어, 내게 생각이 있어. 그들을 없애버릴 수도 있을 것 같은데."

"누구를 없애?"

그녀가 지루한 듯 틸틸한 목소리로 물었다.

"노인네들."

그녀와 함께 내 계획을 검토했다. 제아는 본래의 모습인 나쁜 년답게 아니나 다를까 바로 계획을 지지했다. 사실, 그녀가 내 계획에 너무 열렬히 동조하는 바람에 그녀에게 목소리를 낮추라고 말해야 했다. 그렇지 않으면 내 고막이 터져버릴 것 같았으니까.

제아는 항상 인플루언서가 되고 싶어했다. 제아에게 소셜 미디어를 맡겼다. 사흘 만에 전 세계에 10만 명의 팔로워가 생겼고, 닷새 만에 100만 명에 이르렀다. 집안에만 틀어박혀 하루종일 온라인에서 보내는 일에 신물이 난 젊은이들, 그들은 모두 내 계획을 지지했다. 지난 일주일 동안 나는 그동안 살면서 받았던 것보다 더 많은 남자 성기 사진을 받았고, 수백 개의 새로운 온라인 만남이 줄줄이 메일함에 쌓여 있었다.

우리는 팔로워들을 '스피터스'라고 불렀다. 그들에게 메시지를 전달하기 위해 라이브 영상을 방영했다. 너무 많은 사람들이 합류해서 잠시 기겁을 했다. 젠장, 나는 순식간에 세계적인 인물이 되어버렸다. 제아는 나를 몹시 부러워했다. 제아는 자신의 헤어스타일이 훨씬 멋지니 자기가 이 캠페인의 얼굴이 되어야 한다고 주장했다. 하지만 나는 그녀보다 대중연설에 더 능숙했다. 온라인으로 치른 '당신은 얼마나 훌륭한 지도자인가?'라는 시험에서 90점이나 받았다.

사실이다. 나는 타고난 지도자다. 전 세계의 스피터스들이 내 말 한마디에 매달리고 있다.

그래서 계획은 이렇다. 우리는 밖으로 나가, 돌아다니고, 모일 것이다. 하지만 우리가 진짜로 원하는 건 이것이다. 누군가 불평하면, 그들에게 침을 뱉는 것이다. 그러면 그들은 곧바로 도망칠 것이다. 경찰도 포함해서 말이야. 이제 마음만 먹으면 언제든지 외출할 수 있게 되었으니, 내 뇌에 있던 안개도 사라졌다. 우리 부모님은 무섭고 실망스럽다고 하시겠지만, 내게 집에 있으라고 강요할 수는 없어. 짜증도 나고 이 빌어먹을 짓은 이제 할 만큼 했어. 내가 가지고 있는 유일한 바이러스는 어른들로부터 평생 동안 들어온 쓰레기 같은 소리야. 숙제해라, 공부해라, 이거 입어라, 이 운동해라, 이 악기 배워라, 빌어먹을 야채 좀 먹어라…. 그리고 이제는 영원히 방구석에서 지내라고? 그렇지 않으면 전 세계 인구를 쓸어버리게 될 거라고?

다들 엿이나 처먹어라. 당신들 다 쓸어버리고 우리의 세계를 되찾을 거야. 세상은 더 이상 우리 것이 아니야. 노인네들이 다 점령했다고. 도대체 어떻게 이딴 일이 일어난 거지? 빌어먹을 노인네들. 나는 새로운 리더로서 마을과 동네에서 젊은 사람들과 무리를 지어 돌아다니고 있어. 우리 그룹은 65명이야. 아무도 우리 근처에 오지 않고, 사람들은 우릴 보면 잽싸게 도망가지. 우리가 입은 검은 티셔츠에는 우리의 이름 'The SPITTERS'가 분홍색 글씨로 선명히 새겨져 있어. 그게 우리가 하는 일이야. 침 뱉는 거, 그리고 퍼뜨리는 거.

우리의 임무는 모두 생방송으로 진행돼. 제아가 우리의 비디오 스토리에 음악과 텍스트를 입혀 자극적인 포스트를 만들기 때문에, 나는 제아에게 우리 그룹의 비주얼 콘텐츠를 담당하게 했어. 우리가 한 개의 포스트를 올리는 순간, 시스템에 부하가 걸릴 정도로 수십만 개의 즉각적인 댓글이 바로 생겨. 대박이지. 우리가 거리를 완전히 장악했어. 어른들은 모두 집에 앉아서 똥줄을 태우고 있지만, 우리는 걱정할 필요가 없어. 바이러스가 우리들 사이에 심각하게 퍼지는 일은 결코 없으니까. 백만 명 중 한 명이 걸릴지는 모르겠다. 하지만 그 정도의 리스크는 감수할 가치가 있어. 우리는 세상을 되찾았고, 대자연은 우리 편이야.

"슈퍼마켓 비디오 완전 쿨해."

제아가 일전에 나에게 말했다.

"대단해, 너무 좋아."

나도 슈퍼마켓 비디오를 좋아한다. 우리는 티셔츠 위에 재킷을 걸치고 잘 눈에 띄지 않게 2인 1조씩 슈퍼마켓에 간다. 그리고 과일과 야채는 물론 심지어 양말과 속옷 더미에도 침을 뱉는다. 이것을 100만 스피터스로 곱해보라고. 수많은 새로운 감염이 발생하는 거지.

비디오 감시를 강화하고 있지만, 이미 말했듯이 우리를 잡기는 어려워. 경찰들이 양복을 빼입고 나타났더라고. 그렇다고 등에 15킬로그램이나 되는 장비를 짊어진 배나온 50세의 아저씨가 건강한 20대 젊은이를 쫓아가 잡을 수 있겠어? 하하, 병신들이 너무 많아. 우리 역시 새로운 작전을 세우고 있어. 10명의 스피터스들이 주의를 방해하기 위해 들어가고, 그 중 한 명이 비밀리에 임무를 완수하는 거지. 부모님 옷으로 어른 변장을 하고 말이야. 나는 지난 토요일에 엄마로 변장하고 나갔어. 끝내줬지! 너무 흥분됐어. 섹스보다도 더 낫다고 생각해.

그런데 어제 완전히 녹초가 되어 침대에 누워 있을 때 전화를 한 통 받았어.

"젠장, 누구야?"

나는 중얼거리며 물었어.

"알 필요 없어."

한 여자의 목소리가 들렸어.

나는 전화를 끊어버렸지. 나쁜 년처럼 들렸고, 그 여자가 할 말이 크게 신경 쓰이지 않았으니까. 팬데믹의 가장 대단한 점은 더 이상 중요한 할말이 없다는 거야. 톱10 뉴스는 모두 코로나 바이러스에 관한 내용뿐이지.

그런데 그 여자는 다시 전화를 걸었어.

"잘 들어, 메그."

그 여자의 말에 나는 깜짝 놀랐어. 그 여자는 내 이름을 알고 있었던 거야.

"한 번만 말할 테니 잘 들어. 나는 말하자면 국제집단의 일원인데, 우리는 당신네 스피터스들이 하는 일에 매우 관심이 있다."

"그게 무슨 뜻이야?"

나는 잠을 자야 했지만 눈을 비비며 물었어.

"당신에게 자금을 대고 싶다."

그 여자는 잠시 말을 멈췄어. 순간적으로 오감이 작동하면서 잠이 확 깨버렸어.

"이 전화는 안전한 거야?"

나는 범죄자들이 어떻게 행동하는지에 대한 넷플릭스에 기반을 둔 지식을 바탕으로 물었어.

여자는 웃었고, 숨기려고도 하지 않았어. 내가 추론한 바로는 그 여자는 누가 듣든 말든 신경 쓰지 않았어. 그 여자야말로 듣는 쪽에 있어야 하는 사람이니까, 은유적으로 얘기하자면.

"뭘 제공하는데?"

내가 물었어.

"지낼 장소, 당신과 당신의 가장 가까운 협력자들이 지낼 공간."

"시내에 있는 스파가 딸린 아파트로 해줘."

나는 내 운을 시험하며 말했어.

"그렇게 하지. 단축 다이얼 전문가 한 명과 장비 그리고 필요한 자금을 제공하지."

그녀가 말을 이었어.

"멍청한 꼰대는 안돼."

내가 말했어.

"만약 스물아홉 살이 넘었으면 당신이 데리고 있어도 돼."

솔직히, 그 여자는 나를 어떻게 생각했을까? 어떤 어른이 우리 앞에 지폐 뭉치를 흔들고 나타났다가 일주일 후에 뒤통수를 치는 줄도 모르고, 시스템에 반항하는 멍청이들 중의 하나라고 생각했을까? 구제불능의 돌대가리 같으니라고.

"멍청한 꼰대는 안되지, 알겠어."

여자는 힘주어 말했어.

"우리는 당신의 작전을 확대하고 싶어. 좀 더 전문적으로."

"당신의 목적은 뭐지?"

새삼 의심이 나서 물었어.

"그건 너와 상관없는 일이야."

그녀가 대답했어.

"흥미가 생기면 말해. 사업을 제안하는 거니까. 이제 어린애들처럼 노는 짓은 그만두고."

"어린아이가 뭐가 문젠데."

나는 뒤로 누우며 받아쳤어.

"그들은 다른 사람들한테 이래라 저래라 하지도 않고, 당신이 보는 그대로라고. 어쨌든 난 동참이야. 일단은 아파트 주소부터 말해줘."

그것은 모두 허세였고 약간은 허풍이었어. 내 인생의 가장 빛나는 시간을 보내고 있었으니까. 우리가 원하는 것을 할 수 있는 힘이 생겼기 때문에, 이제는 현실세계의 일들이 멎져 보였지. 그년은 한마디의 이의도 달지 않고 주소를 알려주었어!

그래서 나는 여기 시내의 럭셔리 콘도 정문 앞으로 달려왔지. 빛나는 태양이 텅 빈 거리를 비추고, 자전거를 타고 모퉁이를 돌아 나오는 제아의 검은 머리가 뒤로 날린다. 사람의 시선을 사로잡는 제아의 꽃무늬 치마와 초록색 탑 차림이 여느 때와 다름없이 멋지게 보인다. 나는 웃었어. 정말 멋진 날이야.

"이런 미친, 메그, 이게 정말 실제상황이야?"

자전거에서 내리며 제아가 소리쳤어.

"물론이지."

나는 손에 든 열쇠 꾸러미를 흔들면서 대답했어. 우리는 다른 사람들이 오기를 기다렸어. 우리 열 명을 위한 200평방미터의 공간을 기대하며. 우린 웃고 떠들면서 3층으로 올라갔어. 너무 흥분하고 미래를 위한 계획에 들떠 서로 등을 두드려주었지.

현관문을 열고 집안으로 들어섰어. 아래쪽에서 빛이 들어오는 유일한 문을 연 지 채 몇 초도 지나지 않아 무엇인가 잘못되었다는 것을 느꼈어. 누군가 막 사용한 듯 변기 물 내리는 소리가 나는 것 같았어. 아니면 다른 방에서 나는 소리일 수도 있고. 신경이 곤두섰지.

총알 소리도 들리지 않았어. 내 뒤로 바닥에 쓰러지는 스피터스들의 시체 소리뿐. 그들은 우리의 등을 쐈어. 어떻게 이렇게 멍청할 수 있을까, 돌아서면서 생각했지. 시간이 멈춘 것 같아. 총알이 내 가슴을 정통으로 맞췄어. 오래는 아니었지만, 내 인생 전체가 눈앞에서 번쩍였어. 겨우 스무 살이야. 살아 있다 하더라도 인생에 대해 들려줄 수 있는 이렇다 할 기억도 가지고 있지 않아.

마지막으로 생각난 게 뭔 줄 알아? 내일 신문의 헤드라인이야. 그게 어떻게 될지는 알겠어. 스피터스의 리더가 불가사의하게 암살당했고, 살인범에 대한 단서가 없다는 것이겠지. 빌어먹을 어른들, 쓰레기들 같으니라고. 어둠이 밀려온다. 이건 내가 생각했던 것과는 다르다.

2020년 3월 21일

WEEK 2

소시오패스

마르탱 뒤랑은 5월 12일 브뤼셀에서 열리는 포스트 바이러스 복구지원위원회에 참석해 달라는 초청장을 받았다. 그가 가고 싶은 곳은 어디에도 없었다. 그 바보 같은 페이스북 페이지가 어떤 결과로 이어질지 미리 알았더라면 애초에 개설하지도 않았을 것이다. 그것은 자기격리라는 우스꽝스러운 국면에서 단지 시간을 보내기 위한 것이었을 뿐이다. 소파에서 내려오지 않고도 즐길 수 있는 재미난 일이 적어도 스무 가지는 될 수 있을 거라고 장담했는데, 예순네 가지나 찾아냈다. 당시 그는 사람이 살아남기 위해서는 끊임없는 자극이 필요하다고 생각했다. 그가 시작한 시간 때우기 목록의 7번은 다소 모순적으로 들리겠지만 페이스북에서 반사회성 페이지를 운영하는 일이었다.

대부분의 사람들에게 마르탱 뒤랑은 아마 전성기를 지난 사람처럼 보였을 것이다. 마흔 살을 훌쩍 넘긴 그는 비만에 독신이었다. 정부가 모든 국민들에게 자택에 머물라고 '요청'한 긴급사태 조치가 선포된 이후 그는 집을 떠나지 않았다. 국민들을 설득하는 데는 군 탱크의 시위 행렬이 효력을 발휘했다. 강제적인 고립은 두 달여 전에 끝났다.

하지만 마르탱은 축하행사에도, 거리로 쏟아져 나오는 생존자들의 물결 속에도 합류하지 않았다. 그는 창가에 서서 모든 광경을 지켜보았다. 이런 평범한 결론으로 귀결된 것이 의심스럽고 낯설고 심지어 실망스럽기까지 하였다. 인류는 소멸되지 않았다. 세상은 끝나지 않았다.

책상에 앉아 그는 유럽 의회에서 보내온 이메일을 들여다보았다. 참석 못하겠다고 거절할 수 있을까? 그는 한숨을 쉬며 키보드에 손을 댔다.

"선생님, 기꺼이 도와드리고 싶습니다만 최근에 희귀병 진단을 받아서…"

삭제가 최선이라고 생각되었다. 틀림없이 그들은 자신에 대한 모든 것을 알고 있을 것이다. 그가 육체적으로나 정신적으로 완벽한 건강 상태라는 사실을 포함해서. 고립은 그에게 친절했다. 피부는 단단하고 매끄러웠으며, 눈 밑의 다크서클이 사라지고,

머리카락은 더 풍성해 보였다. 재택근무는 이른 아침의 알람 소리에서 해방되고, 더 이상 만원 지하철에 억지로 몸을 밀어 넣지 않아도 된다는 의미였다. 정류장에서 막 발차하는 버스에 올라 타기 위해 더 이상 숨을 헐떡거리며 뛰지 않아도 되었다. 직장 동료들과 억지 잡담을 나누지 않아도 되고, 직원들을 내내 질책하기만 하는 상사와 회의를 갖지 않아도 되었다.

회의는 이제 온라인으로 진행되었다. 회의가 시작된 지 30분쯤 지난 다음 그는 비디오를 끄고 게시글을 달았다.

"미안합니다. 연결이 끊겼네요."

사람들은 전염병의 세계적 유행이 원만한 접속에 지장을 초래한다는 사실을 잘 알고 있었다. 상사들은 그가 플레이스테이션을 작동하는 동안 계속 푸념을 늘어놓았다. 그는 그들의 대화를 반쯤 들으며 한술 더 떠서 '흠, 그래 알겠단 말이오' 하는 기묘한 소리를 중얼거리듯 내뱉었다.

그는 이메일을 다시 읽고 나서 재빨리 다른 답장을 써 보냈다.

경애하는 선생님들, 흥미롭고 친절한 이메일에 감사드립니다. 아시겠지만, 저는 특산 치즈로 유명한 곳에 살고 있습니다. 여러분들이 대신에 이곳에 오게 된다면, 우리 지역의 치즈를 직접 맛볼 수 있을 것입니다. 여러분들이 멋진 시간을 보낼 것이라고 확신합니다. 그러면 저는 여러분들이 원하는 브뤼셀까지 가는 고통스러운 여행을 하지 않아도 되겠지요. 브뤼셀은 관광객들에게 매력이 없는 도시로 잘 알려져 있다는 사실을 추가해야겠습니다. 그럼 안녕히 계십시오.

마르탱 뒤랑

그는 보내기 버튼을 클릭했다.

야르노는 뒤랑 씨가 보낸 이메일을 인쇄해 게시판에 핀으로 꽂아두었다. 사무실 사람들은 뒤랑의 메일이 '역대 최고의 회신'이라며 야르노가 반드시 그를 방문해야 한다는 데 동의했다. 뒤랑은 백만 명이 넘는 방문 팔로워를 가지고 있었다!

야르노는 두 번 말이 나오는 상황을 기다리지 않았다. 그는 여행을 좋아했다. 모든 비용을 대주는 여행이라면 더욱 즐거운 일이었다. 포스트 바이러스 복구지원위원회는 숱하게 많은 심각하고 고통스러운 사건들을 처리해야 했다. 그런 까닭에 마르탱 뒤랑과 그의 훌륭한 치즈는 머리를 식히게 해줄 좋은 기회였다. 비행기가 출발하는 날 아침이 되었다. 에스프레소 두 잔을 내린 다음 그는 혹시 밤사이에 다른 시간대에서 들어온 메일이 있는지 습관적으로 이메일 함을 훑어보았다. 그리고 거울 속의 자신을 힐끗 쳐다보며, 자신이 좋아하는 머리 모양이 되도록 손가락으로 금발 머리카락을 매만졌다. 그는 미소를 지었다. 그런데 심각해 보였다. 미소를 지었다. 심각해 보였다. 다시 미소를 지었다. 그는 매일같이 표정 연습을 계속하는 것이 중요하다는 사실을 새삼 느꼈다. 이 또한 앞날에 대비하는 일이었다.

마르탱 뒤랑은 초인종이 울렸을 때 소스라치게 놀랐다. 대체 뭐지? 아파트에 인터폰이 있다는 생각조차 한동안 해본 적이 없었다. 몇 년 동안 인터폰이 울린 적이라곤 없었으니까. 인터폰을 떠올릴 즈음 그 물건이 두 번째 '딩동' 소리를 냈다. 그는 인터폰을 받으러 갔다.

"누구시죠?"

"야르노 빗시입니다."

마르탱은 비웃듯 코웃음을 치며 그를 불러들였다.

"2층이오."

그가 인터폰에 대고 짖듯이 소리 질렀다.

그 남자는 그렇게 왔다. 브뤼셀에서 여기까지. 그는 마르탱이 몇 년 만에 처음 만나는 사람이었다. 마르탱은 기침을 하며 목을 가다듬고는 감지 않은 머리카락을 손으로 쓸어올렸다. 그리고 창문을 열어 악취 나는 공기를 내보냈다. 수개월 동안 창문을 열지 않아 오염된 공기가 방안을 채우고 있었다.

"들어가도 될까요?"

그 남자는 마르탱이 열어놓은 현관문 쪽에서 불쑥 머리를 들이밀었다.

"예, 들어오세요."

마르탱은 그의 작은 아파트 내 부엌과 거실 용도로 함께 사용하는 공간에서 대답했다.

야르노는 적잖이 당황하며 방안으로 들어섰다. 여행으로 인해 설레던 처음의 열정은 점점 사그라지기 시작했다. 그를 마주한 남자는 세계적인 불의에 항거하기 위해 강제 자가격리 속에서 살아가는 재기 번뜩이는 소셜 미디어의 귀재처럼 보이지 않았다. 그저 패배자처럼 보였다. 이상하고 악취가 나는 아파트 역시 야르노를 불편하게 만들었다.

"화장실 좀 써도 될까요?"

야르노가 물었다. 그는 잠시 조용히 있고 싶거나 생각을 가다듬을 시간이 필요할 때 화장실을 이용하곤 했다. 뒤랑 씨의 집은 바닥에 타일이 깔린 창고에 지나지 않았다. 화장실 타일 틈새에는 곰팡이와 때가 줄지어 있고, 벽면에는 수년간의 샤워 때 뿜어져나온 증기가 겹겹이 엉겨 붙은 듯 물때가 덕지덕지 붙어 있었다.

야르노는 코를 찡그리며 작은 세면대에 손을 얹고 거울을 들여다보았다. 그는 자신을 향해 미소를 지었다. 심각해 보였다. 다시 미소를 지었다. 심각해 보였다. 세수를 한 다음 요의가 없는데도 소변을 보았다. 우웩, 변기 시트에 묻은 그 끔찍해 보이는 얼룩은 또 무엇인가. 손을 씻고 나니 비로소 화장실 문 저편의 남자와 마주할 준비가 된 기분이었다.

그가 나타났을 때 마르탱 뒤랑의 모습은 보이지 않았다.

"뒤랑 씨?"

그가 소리쳤다. 대답이 없었다. 그는 침실 문에 머리를 갖다 댔다.

"뒤랑 씨, 거기 계세요?"

대답이 없었다. 그가 도망칠 리는 없지 않은가? 야르노는 어떻게 해야 할지 몰라 방안의 나머지 부분을 살피다가 햇빛을 거의 차단하다시피 하고 있는 먼지투성이 커튼을 젖히고 창밖으로 머리를 내밀었다. 햇빛이 방안을 가득 채우며 어둠 속에 남아 있는 편이 더 나았을 구석이 훤해졌다. '완전히 쓰레기장이로군' 하고 야르노는 생각했다.

그는 브뤼셀을 떠날 때부터 줄곧 들고 있던 가방을 바닥에 내려놓았다. 그리고 다시 생각을 바꾸어 커피 테이블 위에 가방을 올려놓았다. 달리 어찌 해야 할지 몰라 그는 소파에 앉았다. 10분이 흘렀다. 이내 20분이 흘렀다. 야르노는 자리에서 일어섰다. 그랬다가 다시 앉았다. 떠날 생각을 할 즈음 현관문에서 열쇠 소리가 들렸다.

"오, 뒤랑 씨!"

그가 벌떡 일어나며 퉁명스럽게 말했다.

"미안합니다."

식료품 봉지를 조리대 위에 내려놓으며 마르탱이 대답했다.

"치즈를 좀 사려고 나갔어요."

"아, 네."

야르노는 자기가 무슨 말을 하러 그를 찾아온 건지 말하고 빨리 볼일을 마쳐야겠다고 생각했다. 최대한 빨리 그곳에서 벗어나고 싶었다.

"뒤랑 씨."

그는 다시 자리에 앉아 가방을 열기 시작했다.

"제안을 하러 왔어요."

마르탱은 야르노 앞의 테이블 위에 치즈 나이프, 종이 냅킨과 함께 치즈 접시를 놓았다.

"듣고 있습니다."

마르탱이 조롱하듯이 말했다. 야르노는 그를 무시하고 서류한 장을 꺼냈다.

"단도직입적으로 말씀드리겠습니다, 뒤랑 씨."

야르노가 말했다.

"우리 포스트 바이러스 복구지원위원회는 당신과 당신네 반사회주의자들이 우리에게 매우 중요할 수 있다고 생각합니다."

야르노의 진지한 말투도 마르탱에게는 아무런 효과가 없었다. 그는 금붕어처럼 눈을 부릅뜨고 한눈을 파는 듯한 모습으로 야르노를 응시하였다. 그는 연신 치즈 덩어리를 입에 쑤셔 넣었다.

야르노는 말을 계속했다.

"내 말은 당신네들이 100만 명이 넘는다는 사실입니다. 사람들이 떼죽음당한 것을 잘 알지 않습니까."

"네."

마르탱이 대답했다. 그러나 그는 설명이 충분하지는 않다고 생각했다.

야르노가 말을 덧붙였다.

"상황이 더 안 좋은 것은 많은 사람들이 장애를 겪었으며, 몇 달 동안 치료를 받아야 한다는 사실입니다. 특히 골칫거리 중의 하나는 정신질환으로 인한 비자발적 입원입니다. 이렇게 표현하는 것을 양해해주신다면 말입니다만, 사람들이 고립되어 있는 동안 어떻게 해야 할지 모르는 지경이 되어버렸어요. 그런 사람들이 얼마나 많은지 당신은 잘 모를 겁니다. 언론에서는 그 같은 현상에 별로 주목하고 있지 않아요. 우리의 요청 때문이긴 하지만요. 하지만 사회적 거리두기를 감당하지 못하는 사람들이 수백만 명이나 됩니다."

마르탱은 미소를 지었다. 그는 옛 세상이 사라져버린 것을 잘 알았다. 활발한 사회생활, 친구, 외출, 콘서트, 극장, 클럽… 전후의 쓰레기 같은 삶은 모두 끝장났다. 활동과잉은 결국 사라지게 될 것이다. 새로운 세상에는 사회적 활동과 사교적인 모임을 위한 공간이 없기 때문이다. 안녕, 우드스탁의 문화여. 잘 가거라,

라이브 8 콘서트여, 러브 퍼레이드 축제여, 투모로우랜드여, 디즈니랜드여….

"재미있으세요?"

야르노는 짜증을 내며 말했다.

마르탱은 그 남자가 자신의 날이 얼마 남지 않았다는 것을 알고 공포에 휩싸여 있다는 것을 깨달았다. 그래서 그와 더 친해지기로 했다.

"유럽연합은 당신 같은 소시오패스들이 필요합니다, 뒤랑 씨. 당신들은 요즘 같은 환경에 잘 적응하고 있지 않습니까? 우리는 이런 상황에서 기능을 발휘하고 흔들리지 않을 사람이 절실히 필요합니다."

잠시 동안 침묵이 흘렀다. 마치 두 남자는 불현듯 자신들이 있는 곳, 사회와 완전히 관계를 끊은 채 살아가는 사람의 쓰레기더미 같은 아파트를 찬찬히 탐색이라도 하는 듯했다. 하지만 그는 기능을 발휘했다. 자급자족하는 외톨이였기 때문에 살아남았다.

"나는 아무 데도 가지 않을 겁니다. 그런 경우에만 제안을 받아들이죠."

마르탱이 말했다.

야르노는 수심에 잠겨 고개를 끄덕였다.

"뒤랑 씨."

그는 결국 말투를 바꾸며 말했다.

"어떻게 해서 이렇게 된 겁니까?"

마르탱은 그를 돌아보았다. 그가 원하는 답이 무엇일지 가늠해보았다. 모든 사람들이 묻는 질문의 요지는 결국 팬데믹이 끝나면 다시 정상적인 삶으로 돌아갈 수 있을까 하는 것이었다. 마르탱은 거의 즉각적으로 자연스레 적응한 부류에 속했다.

"난 항상 이런 식이었소."

마르탱이 대답했다.

"내가 갖고 있는 기록에 의하면 그렇지 않아요."

야르노가 서류철을 꺼냈다.

"당신은 풀타임으로 일하고, 매일 밤 동료들과 함께 클럽에 다녔다고요. 심지어 여자친구까지 사귀었다는 내용이 여기 적혀 있어요. 당신이 누구와 함께 휴가를 보내고 주말에는 무엇을 하며 지냈는지 낱낱이 적혀 있는 기록입니다. 뒤랑 씨, 실례의 말씀이지만 이건 소시오패스의 파일이 아닙니다. 제발 비밀을 말해줘요."

마르탱은 마음을 다잡으려고 노력하며 야르노를 바라보았다.

"누구나 태어날 때 자신의 모습이 있지 않나요?"

마르탱은 적절한 말을 찾으려고 애쓰며 결국 말했다.

"당신이 누구인지 잘 알지 않습니까? 그걸 말해줄 사람은 필요 없어요, 마음속으로 느낄 수 있으니까요. 제 말이 이치에 맞는다면 말이죠."

야르노는 고개를 끄덕였다.

"그러나 사회는 우리에게 다른 말을 하지요. 우리에게 행동방식을 바꾸고, 사회 환경에 스스로를 맞추고, 어느 쪽이 이익이 되는지 따져서 행동하도록 메시지를 보내는 것이지요."

마르탱은 말을 계속했다.

"인생은 결국 하나로 길게 이어져 있을 뿐입니다. 저로 하여금 신나게 놀게 하고, 제 생일에 친구들을 초대하고, 휴가를 가고, 밤에 외출하고, 곡마단의 원숭이처럼 노래하고 춤추게 했죠. 당신도 마찬가지입니다. 그게 안으로 우리를 죽이는 겁니다. 우리는 중요하지도 않고 결코 할 것 같지도 않은 일을 하면서 삽니다. 모두가 그렇게 하죠. 그게 세상이 돌아가는 방식이라고요. 복마전 같은 기차에서 내릴 수조차 없어요. 알아들으시겠어요? 저 같은 반사회적인 사람들은 바이러스 이전의 세계에서는 패배자였습니다. 지금의 우리는 별다른 노력조차 하지 않고도 살아남은 사람들입니다. 마침내 우리 자신의 모습을 찾은 것이라고요."

"그래서 당신 페이지에 팔로워들이 그렇게 많은 겁니까?"

야르노는 말문이 막혀 더 이상 무슨 말을 해야 할지 몰랐다.

"모두들 겉치레 삶에 지친 거죠. 그래서 이제 외출하지 않겠다고 말할 수 있게 된 겁니다. 남들에게 평가받을 걱정도 없어졌으니."

마르탱은 대답했다. 이상하게도 아드레날린이 밀려오는 것이 느껴졌다. 자신이 바로 그런 존재였다! 그를 평소의 일상에서 벗어나도록 하기 위해, 그의 비밀을 찾아내기 위해, 불안한 낯으로 브뤼셀에서 달려온 이 남자에게 어쩔 수 없이 설명하게 된 순간 비로소 그 사실을 깨달았다.

마르탱은 자리에서 일어나 냉장고로 갔다. 그리고 옛 여자친구가 남겨두고 간 샴페인을 꺼냈다.

"건배합시다, 빗시 씨?"

그는 평소답지 않은 말투로 소리쳤다.

"한 잔 들어요."

"뭘 위해 건배하는 거죠?"

야르노는 혼란스러웠다.

"전 천재가 아니에요, 빗시 씨."

마르탱은 코르크 마개를 빼려고 안간힘을 쓰며 말했다. 2년 전의 새해 첫날 이래 처음 따보는 술병이었다.

"저는 상을 타거나 승진을 해본 적이 없어요. 하지만 이제 난생 처음으로 승자가 되었습니다. 우월한 종족의 일부가 된 것이지요. 누구도 만날 필요 없이 오직 필요한 기간 동안 집에 머물 수 있기 때문입니다. 건배는 저를 위한 겁니다."

야르노는 불현듯 손에 샴페인 잔을 들고 있는 자신을 발견했다. 무슨 말을 해야 할지 몰랐다. 길을 잃었다고 느꼈다. 그는 미소를 머금고 있는 뚱뚱한 몸매의 마르탱을 바라보았다. 마르탱은 소파에 앉아 아무도 자신의 미래를 방해할 수 없다는 생각에 적이 만족해하고 있었다. 야르노는 미소를 지었다. 하지만 심각한 모습일 뿐이었다.

"당신을 위해 건배."

그리고 마르탱을 향해 잔을 들었다.

2020년 3월 22일

연금

"어떡하지?"

남편이 아내를 절망적으로 바라보며 물었다. 그의 눈은 충혈되어 있었다.

"글쎄요, 어떡하면 좋아요?"

이리나가 말했다. 그들은 주방에 있었다. 벽난로 위에 놓인 낡은 탁상시계가 불안하게 째깍거리고, 그 소리가 그들 마음속에 불안의 물결을 고조시키고 있었다.

"아버님을 병원에 모시고 갈 수는 없어."

남편은 주장했다. 이리나는 그의 추론이 어디로 이어질지 알고 있었다. 그것이 그녀를 짜증나게 했다. 술기운으로 불그레 물

연금

93

들어 있는 남편을 보자, 한때 그의 푸른 눈을 바라보며 느끼던 애정이 싹 가셔버렸다. 그녀의 눈에 들어온 것은 그녀에게 무신경한 술에 찌든 진홍색 얼굴뿐이었다.

"아버지를 여기서 돌아가시게 내버려 둘 수는 없어요."

그녀는 쏘아붙였다.

"그건 인간답지 않은 짓이에요. 우릴 위해서라도 그러면 안되죠."

"우리가 아버님을 병원에 모셔간다면, 빈 병상이 없다며 도로 돌려보낼 거야."

남편은 몇 번째 했는지도 모를 말을 또 했다.

"병원에서는 아버님의 병세를 살펴보게 될 것이고, 아버님이 위험한 전염병 환자라는 것이 밝혀질 거야. 그게 우리에게 문제가 된다는 뜻이야."

어쩌다 이 모양이 됐을까? 이리나는 복부 깊은 곳에서 북받치는 납빛 공허를 느끼며 자문했다.

그들은 그녀의 아버지에 대해 이야기하고 있었다. 아흔두 살된 이리나의 아버지는 이틀 동안 침대에 꼼짝 못하고 누운 채고열에 가쁜 숨을 몰아쉬며 앓고 있는 중이었다. 그녀는 아버지를 방안에 밀폐시켜 두었다.

엘사의 아이들은 다락방에 침대를 갖다 놓고 지내게 했다. 병의 확산을 막기 위해서였다. 하지만 아이들은 쉴 새 없이 다투었고, 더 이상 그들 셋을 그 안에 가두어 둘 수 없게 되었다.

이리나는 캐비닛 위에 놓인 액자 속의 사진을 힐끗 쳐다보았다. 해변에서 엄마와 아빠가 포옹을 하고 있었다. 18살 때 국가고시를 치른 다음 함께 여행을 가서 그녀가 찍은 사진이었다. 아버지는 딸을 몹시 자랑스러워했다. 그 사진 옆에는 그녀의 결혼식 사진이 있었는데, 아버지가 사진 속에 없는 것이 눈에 띄었다.

"아버지가 사진 속에 계셨어야 하는데."

이리나는 마음을 정했다.

"우린 아버지를 옮길 수 없어. 이웃 사람들이 무슨 말을 하면, 아버지가 잘 계시다고 말해야 돼."

"아버님이 돌아가시기라도 하면 어떡하지?"

이리나는 40년간 함께 살아온 남편을 뒤돌아보았다. 그들은 함께 나이를 먹었고, 딸을 가졌고, 그 딸이 결혼하는 것을 보았고, 딸이 자식을 낳아 할머니, 할아버지가 되었다. 그리고 어느 날 사위가, 그로서는 아마도 최선의 선택이었을지 모르지만, 온데간데없이 사라져버리고 딸이 혼자 남겨진 것을 지켜보았다.

이리나는 그제서야 아버지가 그녀와 함께 살며 겪었을 일들을 이해하게 되었다. 우리가 몹시도 사랑하는 사람이 실망을 안겨준다면 얼마나 큰 상처를 입게 되는가. 그들이 자신이 택한 선택의 결과를 이해할 경험이나 용기가 없으면서도 자신의 삶을 고집한다면 어떨 것인가.

"아버지가 돌아가신다면…"

그녀는 갑자기 슬픈 어조로 말했다.

"아버지가 돌아가신다면, 모든 것이 끝장이야."

이오안 아르델레안은 그날 밤 숨을 거두었다. 그로서는 그것이 다행스러운 일이었다. 그는 지금 온 세계를 휩쓸고 있는 유행병이 시작되기 오래전부터 일종의 무호흡증에 걸려 살아왔다. 코로나19는 자연계가 수십 년 전에 시작한 과정을 가속화했을 뿐이다. 가슴에 얹힌 그 무거운 무게, 기억과 후회의 짐이 서서히 그를 질식시키고 있었다. 이오안은 단 하나의 기억만을 지닌 채 세상을 떠났다. 그것은 그가 가르친 학생들, 특히 82학번 학생들에 관한 기억이었다.

이오안은 언제나 미소를 지으면서 강의가 끝나면 늘 술 한잔을 즐기곤 하던 저명한 문헌학 교수였다. 그는 이미 50세가 훨씬 넘은 나이였음에도 불구하고, 캄피네아누 거리 정원의 나무 뒤에서 충격을 받고 겁에 질린 채 그에게 격렬한 키스를 퍼붓던 과묵한 안드레이에게 빠져들었다.

'안드레이에게 도대체 무슨 일이 있었던 거야?'

이것이 이오안의 마지막 생각이었다.

이리나는 다음날 아침 침대에서 뻣뻣하게 굳은 시체를 발견하였다. 그녀는 마스크를 쓴 채 비명을 질렀다. 결국 일이 생겼다. 그녀의 아버지는 돌아가셨다.

"이런, 이런, 젠장!"

그녀의 남편이 문간에서 소리쳤다.

이리나는 남편의 면전에서 문을 탕 닫았다. 생각할 시간이 필요했다. 침대 시트 사이에 죽어 누워 있는 시체가 자신의 아버지라고 생각하니 벌써 너무 견디기 힘들었다. 그녀는 1982년의 그 아름답던 봄날을 떠올렸다. 눈가에 잔주름이 지고 관자놀이가 회색빛을 띠기 시작한 아버지가 대학입학신청서를 들고 와 자신의 손에 쥐어주던 기억이 선명했다. 그때 아버지는 다른 사람처럼 보였고, 몹시 상기되어 있었다. 이리나와 그녀의 어머니는 아버지가 펴낸 책과 아버지가 그토록 자랑스러워하던 새로운 연구 프로젝트의 성공 때문이라고 생각했다.

"아빠, 저는 대학에 가고 싶지 않아요."

그날 그녀는 수줍은 미소를 지으며 말했다. 아버지는 놀란 표정이었다.

"무슨 말을 하고 있는 거야? 네 미래가 걸린 일이야."

이리나는 다시 미소를 지었다.

"제게 사랑하는 사람이 생겼어요, 아빠."

필경 그녀는 아버지가 그 소식을 환영할 것으로 예상했다. 마치 사랑이 모든 것의 해답이라도 되는 듯이. 그러나 아버지는 그 일로 딸과 더 이상 부녀관계가 계속되길 원하지 않을 정도로 냉혹했다. 아버지는 딸과 사랑에 빠진 그 소년을 좋아한 적이 없었다. 지나치게 거만하고, 돈도 없고, 직업도 없고, 술을 너무 좋아한다고 비난했다. 그 소년은 아버지가 인정할 만큼 미남이긴 했지만, 그것말고는 아무것도 아버지 맘에 드는 것이 없었다.

"이리나, 너 저애와 사귀다간 후회하게 될 거야."

아버지는 말했다.

"가족의 말을 듣지 않고 인생을 살기로 마음먹었다면, 네가 저지른 실수의 무게를 스스로 짊어져야 할 거야. 넌 곧 후회하게 될 거다. 넌 나를 실망시켰어."

그리고 그들 부녀는 헤어졌다. 아버지는 딸의 결혼식에 오지도 않았다. 몇 년 후에 태어난 엘사는 물론 총 네 명의 손자 손녀에 대해서도 알고 싶어하지 않았다. 이리나의 시댁은 대가족이었고, 그녀의 아버지가 변덕스런 녀석이라고 비난했던 그 소년, 아니 청년은 모든 것이 아버지가 예견한 그대로였다. 무능하기 짝이 없었고, 그가 얻은 모든 직장에서 쫓겨나 영원한 실직자가 되었다. 만나는 모든 사람들과 말싸움을 벌이고, 고주망태가 되어 살았다. 이리나는 희생과 굴욕으로 가득 찬 고달픈 삶을 살아야 했다.

그녀의 아버지는 딸을 도울 수 있었음에도 돕기를 거부했다. 그녀의 어머니는 가끔 이리나에게 돈을 슬쩍 쥐여주는 외에는 그처럼 매몰차고 완고한 남편을 거슬러 아무 일도 할 수 없었다.

하지만 그 무렵 아버지는 홀아비가 되고 말았다. 커피 한 잔

제 손으로 탈 수 없는 늙은이였다. 이리나는 아버지를 만나러 가서 한집에 같이 살자고 제안했다. 이리나의 가족은 도심에 자리한 저택으로 옮겨 아버지를 돌보게 되었다.

"너희들이 그 지옥 같은 곳에서 벗어날 어떤 핑곗거리라도 있으면 대봐, 응?"

아버지는 딸을 모욕했다. 하지만 그는 딸의 가족을 받아들였다. 그에게는 선택의 여지가 없었다. 그렇게 하지 않으면, 반쯤 기능을 상실한 낯선 사람들과 함께 시끌벅적한 요양원에 갇혀 지내야 했다. 적어도 이리나는 가족이었고, 어쨌든 자신의 남은 혈육이었다. 손주들은 그 게으름뱅이 사위에게 오염되기는 했지만 여전히 그의 살과 피였다.

새로운 합의로 가족 모두의 문제가 해결되었다. 그들은 이오안의 연금으로 품위 있는 삶을 살았다. 이오안이 집을 소유하고 있었기 때문에 생활하는 데 큰 비용이 들지 않았다. 결혼하고 오랜 세월이 흐른 다음에야 이리나는 비로소 숨을 돌릴 수 있었다. 하지만 고통이 없는 것은 아니었다. 어머니가 돌아가시고 난 뒤 그녀는 오로지 자신이 어린아이였을 때의 집으로 돌아가고 싶은 마음이었다.

그녀와 아버지가 부녀관계로 지낸 궁극적으로는 무의미한 지나간 시간을 다시 떠올리자, 죽어 침대에 누워 있는 아버지의 시신이 눈에 들어왔다.

아버지의 시신을 어떻게 처리할지 결정해야 했다. 그리고 빨리 결정해야 했다. 남편이 문을 밀고 들어왔다.

"이리나."

그가 말했다.

"알아요, 생각 중이에요."

"몰래 묻어놓고 아무 일 없었던 척하는 게 어때?"

남편이 넌지시 말했다.

"밖으로 나갈 수 없다는 걸 잊었어요? 우린 여기 갇혀 있다고요."

그녀가 고개를 저으며 대답했다.

"만약 사람들이 전염병에 걸려 죽은 시체와 함께 차 안에 있는 우리를 발견한다면, 우리는 잡혀가 유치장에 갇히게 될 거예요. 그들이 추궁할 끔찍한 질문을 생각해봐요."

"지하실에 있는 냉동고는 어떨까?"

남편이 조심스럽게 말했다.

이리나의 등줄기가 후들후들 떨렸다. 냉동고 안에 넣으려면 시체를 토막 내야 할 것이다.

"이웃들이 우리를 주시하고 있을 텐데, 그들이 얼마나 참견하길 좋아하는지 당신도 알잖아요."

그녀가 대답했다.

"아버지가 이곳을 떠날 수 있는 길은 영구차뿐이에요."

"할머니!"

누군가가 위층에서 목소리를 높여 부르는 소리가 들렸다.

"왜 그래?"

"걱정할 것 없다, 이오안."

이리나가 손자에게 대답했다.

"내려올 필요 없어. 금방 올라갈게."

그녀는 다락방과 거기에 쌓아놓은 여행가방 더미를 생각했다. 언젠가 보았던 TV 드라마 시리즈가 떠올랐다. 그 드라마의 주인공은 지금의 그녀와 비슷한 문제를 안고 있었다. 그녀가 생각하고 있는 것은 좋은 일이 아니었다. 하지만 그녀는 인생에서 좋은 일을 생각하는 버릇은 오래 전에 그만두었다. 그녀의 삶은 대부분 잘못된 것이었고, 어려운 결정의 연속이었다. 하나가 더 보태진다고 해서 달라질 건 없었다.

"우린 아버지의 연금을 놓칠 수 없어요."

그녀는 결론지었다.

"이층으로 올라가 아이들을 살펴보고, 오늘 밤 자기들 방으로 돌아갈 수 있다고 얘기해줘요. 그리고 여행가방을 갖고 내려와요. 눈에 띄는 가장 큰 가방으로요. 몇 가지가 더 필요하겠지만, 집안에서 우선 찾을 수 있는 것을 살펴보죠."

그녀의 남편은 아무 말 없이 아내의 지시에 따랐다. 이리나는 아버지의 유품을 둘러보았다. 그녀는 침대에서 그리 멀지 않은 아버지의 책상 앞에 앉았다. 평소에 아버지가 사용하던 회전 가죽의자에 앉으니, 아버지의 얼굴에서 생명이 흘러나와 침대 위의 처진 시체에 녹아드는 것이 느껴졌다.

'당신이 저를 도와주셨더라면, 이런 일은 생기지 않았을 겁니다.'

이렇게 생각하며 그녀는 아버지의 책과 서류 사이에 놓인 꾸러미에서 담배 한 개비를 꺼냈다. 담배에 불을 붙였다. 그리고 손가락 사이에서 타게 두었을 뿐 피우지는 않았다. 담배를 피우려면 안전 마스크를 벗어야 했을 것이다.

2020년 3월 23일

배달

로사 드니로는 당황했다.

그녀는 홀로 집에서 대통령의 최근 연설을 듣고 있었다. 자정이 가까웠는데도 잠을 이룰 수가 없었다. 로사는 런던과 암스테르담에 하나씩 가 있는 그녀의 아이들에게 전화를 걸어보았다. 둘 다 전화기가 꺼져 있었다. 아이들의 삶은 이전과 다름없었다.

아이들은 재택근무를 할 수 있는 처지였다. 하루종일 계속되는 화상회의와 이메일 송수신, 전화 통화에 지쳐 곧장 잠자리에 들었을 것이다. 로사는 아직도 그들을 성인이 아니라 자신의 아기로 생각하고 있었다. 그 이유는 아무도 모를 것이다. 지금 한 녀석은 자신의 엄지손가락을 빨며 자고 있을 거고, 다른 녀석은 운동장을 열다섯 바퀴나 돈 듯이 이불을 걷어차 버렸을 거라고 그녀는 상상했다.

로사는 결국 자리에서 일어났다. 그리고 마음을 가라앉히기 위해 케이크를 만들었다. 재료를 섞고, 팬에 기름을 두르고, 오븐에 넣었다. 케이크가 구워지는 동안 서서 지켜보았다. 새벽 두 시가 지나고 있었다. 그녀는 여전히 잠자리에 들고 싶지 않았다. 빈 집이나 다름없는 휑뎅그렁한 정적 속에 들어붙어 있는 불안의 장막이 수면을 방해했다. 더 이상 아무도 사용하지 않는 빈 방들은 그녀가 거기에 얼마나 많은 돈을 썼는지도 전혀 기억하지 못하는 생명 없는 물체들이었다.

그녀는 TV를 켰다가 다시 껐다. 한 곳을 제외한 모든 채널에서 코로나 바이러스를 다루고 있었다. 나머지 한 채널은 뇌를 혼란에 빠뜨려 사람을 좀비로 만드는 전염병 공포 영화를 방영하고 있었다. 프로그램 편성 업무를 담당하는 사람이 누군지는 모르지만, 유머 감각이 짓궂거나 업무 경험이 부족한 것 같다고 로사는 생각했다. 몇 시간이고 불안을 유발하는 방송만 흘러나왔다. 사망자 숫자, 새 감염자 숫자, 실업자 증가율 같은 내용이었다. 로사는 더 이상 참을 수가 없었다.

대통령은 국민들에게 공포에 빠지지 말고 인내심을 가져달라고 당부했다. 하지만 누가 그 말을 곧이듣겠는가? 국민들이 대통령을 신뢰할까? 로사는 그게 의심쩍었다. 동네 슈퍼마켓 앞에는 이미 긴 줄이 늘어서 있었고, 많은 진열대가 비어 있었다. 그녀도 만약을 위해 신선한 제빵용 효모 10덩어리를 사다가 한 덩어리씩 나누어 얼려두었다.

그녀는 어쨌든 잠자리에 들기로 결심한 다음, 잠들게 해줄 것이라는 바람으로 휴대폰을 켜 만지작거렸다. 그때 화면에 광고가 떴다.

'놓치지 마십시오. 팬데믹의 물결을 이겨내십시오. – 24시간 동안만 가능!'

로사는 얼른 일어나 똑바로 앉았다. 아주 멋진 거래를 할 수 있을 것 같아 보였다. 하지만 그녀는 온라인에서 물건을 산 적이 한 번도 없었다. 어떻게 주문하지? 아들 녀석이 사용법을 한 번 설명해준 적이 있었다. 그녀는 혹시나 해서 아들이 가입하자고 주장했던 신용카드를 꺼냈다. 신용카드는 유효기간이 남아 있었지만, 아직 사용한 적은 없었다. 비밀번호는 사용설명서 속에 휘갈겨져 있었다.

로사는 휴대폰을 만지작거리다가 주문할 수 있는지 알아보려고 제품 사진을 두어 번 두드렸다.

'지금 결제하십시오.'

이런 문구가 적힌 페이지가 떴다. 그녀는 재빨리 내용을 한 번 훑어보았다. 모든 것이 괜찮아 보였다. 로사는 신용카드의 긴 번호를 거기에 입력했다. 불현듯 실수가 있을 수도 있다는 생각이

들었다. 최종 합계 금액이 너무 많았다. 어떻게 그럴 수가 있지? 되돌아가 주문을 취소하거나 절차를 다시 시작하려고 했다. 여기저기 미친 듯이 클릭을 하고 나니, 다음과 같은 글이 뜬 페이지가 나타났다.

'구입해주셔서 고맙습니다!'

'오, 안돼! 내가 무슨 짓을 한 거야?!'

그녀는 즉시 두 아이에게 문자를 보내 주문을 취소하는 방법을 설명해달라고 했다. 아니나 다를까 다음날 아침이 되어서야 잠에서 깬 아이들은 그들이 받은 메시지만큼이나 문서 수신 시간을 보고 놀랐다.

큰아들 케빈이 엄마에게 전화를 걸어 물었다.

"어떤 웹사이트를 이용했습니까?"

그는 종종 인내심이 부족했지만 항상 서둘러 엄마를 도와주었다.

"페이스북."

그녀가 대답했다.

"광고를 본 곳이 페이스북이긴 하지만, 제품 구매를 위해서는 제조회사 웹사이트를 클릭했을 겁니다."

케빈이 설명했다.

"아니, 페이스북에서도 구매 클릭을 할 수 있었어, 정말이야."

로사는 우겼다.

"엄마."

케빈은 한숨을 쉬었다.

"페이스북은 아무것도 팔지 않아요. 어느 사이트에서 결제를 했는지 모르시면, 이곳에서 엄마를 도와드릴 수 없어요."

"아, 난 네가 무슨 말을 하는지 전혀 모르겠어."

로사가 끙끙거렸다.

"내가 540유로를 썼다는 것은 알고 있지만!"

"도대체 뭘 샀어요?"

케빈이 물었다.

"네가 웃을 테니까 말할 수 없어."

케빈은 어쨌든 웃었다.

"잘 들어요, 엄마. 나 이제부터 일 시작해야 하는데, 그건 중요하지 않아요. 나중에 엄마 은행계좌로 500유로를 송금할 테니 걱정하지 마세요. 소포가 도착하면 다시 반품할 수 있는지 알아볼게요."

그때 로사는 쇼핑 카트 아래 빨간색으로 쓴 '이 물건은 반품할 수 없음'이라고 표시된 문구를 기억했다. 케빈에게 그 사실을 말하지는 않았다. 그녀는 케빈에게 말했다.

"고마워. 돈 걱정은 하지 마. 어리석은 실수였어. 그렇다고 세상이 끝난 것은 아니니 다행이랄까."

"피곤하실 때는 더 이상 신용카드를 가지고 놀지 마세요, 엄마."

아들이 통화를 끝내기 전에 훈계했다.

로사는 부엌 식탁에 앉아 손톱을 깨물며 작은아들 알렉스의 전화를 기다렸다. 알렉스는 인내심이 강했지만 갑작스러웠고, 그녀가 이해하지 못하는 용어들을 자주 사용했다.

"쉬워요, 엄마. 어젯밤 사용한 웹사이트로 돌아가려면 브라우저 기록을 열고 방문한 페이지를 찾으세요. 오른쪽 바에서 시간을 다시 확인하세요. 페이지를 찾은 다음 아이디와 암호를 입력해 로그인하시고, '내 주문' 섹션으로 이동해 취소를 누르세요. 이제 됐지요, 엄마?"

"아니, 모르겠어."

로사가 말했다. 알렉스는 다시 다섯 번을 더 설명했는데, 그때마다 같은 말을 더 천천히 할 뿐이었다. 하지만 결과는 항상 똑같았다. 로사는 브라우저 기록이 무엇인지 전혀 알지 못했기 때문에, 여전히 이해하지 못했다. 그녀는 거의 울 지경이었다. 평생 그렇게 자신이 바보 같다고 생각한 적이 없었다.

"그래, 고마워. 이제 알겠어."

마침내 그녀가 말했다.

"이제 아시겠지요?!"

알렉스가 외쳤다.

"쉽다고 했잖아요. 모든 게 자동이니까, 잘못될 수는 없어요. 좋아요. 그럼, 이제 가봐야겠어요. 안녕, 엄마!"

그는 전화를 끊었다.

로사는 휴대폰 화면에서 페이스북을 열었지만 광고를 찾을 수 없었다. 그녀가 아무렇게나 두드린 버튼과 아이콘도 그녀를 그곳으로 데려가지 않았다. 540유로를 돌려받을 가망도 없이 잘못 사용해버릴 정도로 세상이 복잡해진 것은 언제부터였을까? 그럼에도 불구하고 로사는 옛날에 운전을 배우고, 식기세척기를 사고, VCR을 처음 사용한 사람 중 하나라고 생각했다. 그녀는 완전히 쓸모없는 사람은 아니었다.

배달을 기다리는 수밖에 달리 방법이 없었다. 그렇게 많은 상자를 보면 이웃들이 어떻게 생각할지 걱정되었다.

"당신이 멸치젓갈을 특가상품이라며 몽땅 샀던 때를 기억해?"

냉장고에 붙어 있는 사진 속의 남편이 물었다.

로사는 미소를 지었다.

"아, 그래요. 내가 좀 지나쳤었지요?"

"몇 달 동안 당신이 내게 억지로 먹게 했던 그 끔찍한 멸치 샐러드 샌드위치를 평생 잊지 못할 거야."

남편의 대답에 그녀는 좀 더 크게 웃었다.

"당신이 보고 싶어요."

그녀가 말했다.

"나는 항상 당신과 함께 있어."

남편이 말했다. 인터폰이 울려서 로사는 대답하려고 일어섰다.

"드니로 부인, 배달시킨 물건을 내실로 올려 드릴까요, 아니면 차고가 있으십니까?"

인터폰 속의 목소리가 물었다.

"차고? 아니, 그냥 여기 3층으로 가져와요."

그녀가 말했다.

"뭐, 어느 쪽이든 상관없습니다. 이번 주에는 별의별 일이 다 있네요!"

인터폰 속의 목소리가 웃었다.

로사는 마스크를 쓰고 문을 열러 갔다. 배달원이 엘리베이터를 타고 올라오기를 기다렸다.

"커피 한 잔 갖다 드릴까요?"

배달원이 엘리베이터에서 내리자 그녀가 물었다.

"고마워요. 그보다 저녁식사를 만들어주시는 게 좋을 것 같아요. 시간이 좀 걸리거든요!"

엘리베이터에서 첫 번째 박스를 끄집어내면서 그가 농담을 했다.

"이런 게 864개예요!"

로사는 기절할 것 같았다.

"이 정도 크기의 박스 800개를 어디에 두지?"

그녀가 떨리는 목소리로 말했다.

"800개가 아니고 864개입니다."

배달 소년은 첫 세 박스를 집안으로 들이며 분명한 어조로 그녀의 말을 정정했다.

"어디에 놓을까요?"

"이쪽으로."

로사가 말했다. 그녀는 아이들이 거처하던 방의 문을 열었다. 사용하지 않는 빈 방들이었다.

배달 소년은 거의 1시간 가량을 엘리베이터를 타고 오르내렸다. 빈 방에 박스를 가득 쌓은 다음 나머지는 거실과 복도 옆, 부엌 탁자 밑에까지 포개서 쌓았다.

"이게 다인 것 같습니다. 우와, 그게 다 들어갈 공간을 마련해두셨네요! 그래도 음식 먹을 공간을 좀 남겨두셨어야 하는데. 그렇지 않으면 이 물건들이 별로 쓸모가 없을걸요!"

아파트를 나서면서 그는 큰 소리로 웃었다.

로사는 문을 닫고 마스크를 벗었다. 그리고 주위를 둘러보았다. 그녀의 집은 박스들이 공간을 메우는 바람에 이제 이전의 텅 빈 공허감은 사라졌다. 그녀는 손을 입으로 가져갔다. 웃어야 할지, 울어야 할지 몰랐다.

냉장고에 붙은 사진 속의 남편이 말했다.

"당신이 친구를 사귀기 위해 참신한 방법을 선택했구먼."

그 말이 웃음을 자아냈다.

"내가 신발을 아무렇게나 벗어두면, 당신이 짜증을 내곤 하던 일이 생각나는데, 이제 신발을 놓아둘 공간이 없어져 버렸네!"

"바보 같은 소리 그만해요!"

그녀는 더 크게 웃으며 말했다.

탁자 밑에 쌓아둔 박스 가운데 하나를 꺼내 바닥에 놓고 그녀는 이웃집 문을 두드렸다.

"6피트 떨어진 곳에 있는지 확인해요, 로사."

이웃집 부인이 문을 반쯤 열고 내다보며 말했다.

"웬일이세요? 별일 없으세요?"

"아, 예. 난 괜찮아요. 고마워요."

로사가 대답했다.

"궁금했어요. 슈퍼마켓 화장지가 바닥날지도 모른다는 소식 들었어요? 인터넷을 통해 특가로 약간 구해놨는데, 혹시 좀 사시겠어요?"

"아, 좋아요. 고마워요!"

이웃은 화장지가 바닥날 수도 있다는 말을 듣고 깜짝 놀라며 대답했다.

"바로 돈과 장갑을 챙겨올게요."

"여기서 기다릴게요."

1박스가 사라졌다. 그녀는 이제 단지 863박스가 있을 뿐이라고 생각했다. 넌 웃어야 해. 그녀는 생각했다.

2020년 3월 24일

필수품

* 버지니아 울프의
  〈댈러웨이 부인〉에서
  영감을 받다

댈러웨이 부인은 꽃을 사러 나가야겠다고 말했다.

"그것은 필수품이 아니야."

그녀의 남편은 펼쳐든 신문에 얼굴이 가린 채 대답했다.

"아무 이유 없이 나가면 벌금을 물 수 있어."

클라리사 댈러웨이는 해변의 아이들에게서나 볼 수 있는 신선한 몹시 아름다운 날이라고 말했다. 리처드는 신선한 공기는 더 이상 필수품으로 분류되지 않기 때문에 해변에 가는 것은 허용되지 않는다고 대답했다.

정말 별일이야! 꽃을 사는 것조차 금지한다면 이렇게 기분 좋은 날에 무엇을 한담? 파티에 대한 희망조차 더욱 줄어들 것이다. 그녀의 파티! 그녀는 언제 파티를 열 수 있을까? 신문은 아무런 예측도 하지 않았다. 총리는 머뭇거렸고, 런던 전체가 꼼짝도 하지 않고 기다렸다. 너무나 신선하고, 너무나 고요하고, 너무나 잔잔한 파도의 펄럭임 같은, 파도의 입맞춤 같은 이 날을.

그때 피터가 무슨 말을 했지? 브로콜리 사이에서의 사색, 그게 전부였나? 그때 그는 "나는 채소류보다 사람이 더 좋아"라고 말했지. 아님 그 비슷한 말이었을 거야. 채소, 그녀는 나라 전체가 이제 채소류로 변해버렸다고 생각했다. 그녀 자신도 거기에 포함되었다. 그녀는 비활동적인 것에서 즐거움을 느끼는 사람이 아니었다. 그녀의 존재 전체가 공식적인 약속, 공식적인 점심식사, 정기적인 파티 같은 일상으로 채워져 있었다. 그녀는 안정적이고 위안을 줄 뿐 아니라 절제력이 뛰어난 감정의 소유자였다. 경직된, 습관의 뼈대만이 인간의 틀을 지탱해 주었는데, 이것만으로도 모든 것이 견딜 만하고 심지어 즐거워지기까지 했다.

"브루턴 부인 댁의 점심 파티에 참석하지 않았어요?"

클라리사는 텅 빈 거리를 내다보기 위해 창가로 다가가며 물었다.

"취소되었어. 브루턴 부인은 격리시켰어야 했어."

리처드가 대답했다. 클라리사는 진짜 짜증난다는 생각이 들었다. 그녀는 리처드와 자주 떨어져 사는 생활에 익숙해 있었다. 물론 그녀는 리처드와 함께 브루턴 부인 댁에 초대받은 적이 없었다. 초대장은 분명히 이렇게 되어 있었다.

'브루턴 부인은 내일 댈러웨이 씨와 오찬을 함께하길 원합니다. 부디 참석해 주십시오.'

리처드를 초청한 것이지, 그녀를 초청한 것이 아니었다. 얼굴을 붉힐 만한 모욕이었다. 이 첫 모욕은 안도의 물결로 재빠르게 대체되었다. 그녀는 꽃을 사고 평화롭게 자신의 개인적인 일을 계속해 나갈 참이었다. 집을 떠나는 것이 이제 금지되었다는 것을 알게 될 때까지 그랬다.

"서재가 좀 더 편안하지 않겠어요?"

그녀가 창가에서 되돌아오며 물었다.

"루시한테 은그릇 닦는 거 도와달라고 부탁해야 할까 봐요."

"그래, 서재로 가볼게."

리처드가 신문을 접으며 동의했다.

"하지만 루시는 오늘 아침에 참석할 수 없을 거야. 비상법에 따르면 그녀는 비필수적인 노동자가 아니거든."

"맙소사!"

클라리사가 몸을 떨면서 소리쳤다.

"비필수적인 노동자가 아니라면, 누가 누군지 헷갈릴 거야! 내가 어떻게 그녀 없이 집을 관리할 수 있을까?"

"알아서 하라고."

리처드는 이렇게 대답하고는 서재로 물러났다.

클라리사는 두 손을 비틀며 서 있었다. 하녀 루시의 부재 외에는 다른 생각을 할 수 없었다. 돌연 그녀의 마음은 무슨 까닭에선지 부르튼의 영지로 훌쩍 날아갔다. 여러 해 전에 그녀가 그곳에 기거하는 데 필요했던 것은 단지 자신의 젊음의 빛을 발산하는 일뿐이었다. 하녀의 도움 없이 깔끔하게 유지하는 일은 신경조차 쓰지 않았다.

이 멋진 4월의 날에, 무엇이 그녀를 이곳으로 데려왔을까? 그녀의 존재의 허약함에 맞서는 세계적인 유행병에 억지로 끌려온 것일까? 더 이상 리젠트 공원에서 뛸 수 없고, 더 이상 계절의 첫 장미 냄새를 맡을 수 없고, 더 이상 보모들이 새 생명을 안고 유모차를 미는 모습을 지켜볼 수 없고, 한 번도 가본 적이 없는 상상 속의 길을 걸을 수도 없는 날이 일상의 습관에서 아무렇지도 않을까?

클라리사는 답을 알고 있었다. 클라리사는 마치 공연을 위한 춤 동작의 한 대목인 듯이 한 걸음 한 걸음씩 내디뎠다. 그녀는 내면에서 끓어오르는 자연스러운 리듬을 따라갔다. 그것이 그다지 아름답다고 할 수 없는 그녀를 아름답게 만들었다. 생기발랄함이나 그것이 일으키는 행복의 깊이를 완전히 이해하지 못했어도 그녀는 몹시 쾌활했다. 그녀 가슴속의 가장 민감하고 비밀스러운 악기의 현을 울릴 만큼 그녀가 사랑하거나 가까이 느끼는 사람이 없어도 사랑스러웠다.

클라리사는 자신의 삶을 사랑했다. 그 순간까지만 해도, 바이러스가 그녀의 몸 아래서 그 바탕을 파괴하기 전까지는, 그 어떤 파동에도 즐겁고 자유로웠다. 언제든 절망과 평범함 속으로 내동댕이쳐질 수 있음을 그녀는 잘 알고 있었다. 그녀는 죽음을 두려워하지 않았다. 오! 안돼, 안돼. 대부분의 사람들은 전염병의 대유행으로 사랑하는 사람을 잃었다. 예사롭지 않은 일이었지만, 그 문제에 대해 지나치게 감상적인 것은 적절치 않을 것이다.

자신의 일을 수행하며 미래를 내다보는 사람은 죽어가는 것에 연연하지 않는다. 바이러스에 걸리든 다른 이유에 의해서든 죽음은 피할 수 없다. 노환이나 낯익은 병으로 죽을 수도 있고, 전쟁, 기근 또는 운이 나빠 교통사고로 죽을 수도 있다. 클라리사는 삶의 파동을 무서워했다. 일상이 방해받고 채워야 할 예기치 못한 공허가 밀려오는 것을 두려워했다. 아무도 그녀에게 지시, 한마디의 충고, 기여를 요구하지 않는 침묵이 두려웠다. 클라리사는 사물의 실체 위에 매달려 있는 자신의 삶을 사랑했다.

리처드는 조용히 계단을 내려갔다. 문간을 나서며 그는 말했다.

"정치 집회가 있어."

손에는 마스크와 하얀 장갑을 들고 있었다.

"지각하긴 싫어."

클라리사는 문간까지 남편을 따라가 작별 키스를 하면서, 무엇에 대해 늦는다는 것인지 궁금한 생각이 들었다. 시간을 엄수해야 할 일이 없을 때 늦는 것은 지각이 아니다. 버튼에서의 그날처럼, 해야 할 일이 행해지지 않았을 때의 지각이라야 지각이다. 이제 그녀가 기대했던 날들은 오지 않을 것이다.

지금까지 한 번도 조용한 적이 없던 집안이 조용해진다. 이 고요함 속에서 무얼 해야 할까? 이 생명의 부재 속에서? 물건을 구입하기 위한 외출만으로도 사람들은 믿을 수 없는 기회를 향유하는 것으로 느낀다. 그런 똑같은 날들을 지내며 어떻게 따분함을 이겨냈을까? 물론 단순 필수품의 구매일 뿐이다. 꽃이 아니다.

현관문의 벨이 울리자 클라리사는 잽싸게 일어섰다. 그녀는 즉시 현관으로 가지 않고 한동안 같은 자세로 서 있었다. 그녀를 그런 자세로 있게 한 것은 집배원이 너무 일찍 온 듯싶어서일 수도, 아마도 열쇠를 잊어버린 리처드일 수도 있겠다 싶어서였다. 혹은 문을 열어줄 가정부가 없어서였을 수도 있다.

현관문을 열 때 그녀의 마음은 신경이 약간 곤두선 채 정신이 다른 곳에 가 있었다. 놀랍게도 그녀는 피터 월시를 바라보고 있는 자신을 발견했다. 팬데믹으로 모든 게 멈춰버렸음에도 4월의 아침은 여전히 빛나고 있었다. 그녀는 자신의 눈앞에 펼쳐진 생기로운 광경을 온몸으로 받아들였다. 환청처럼 유리 깨지는 소리가 들리며 그녀는 움찔했다. 유리 파편이 피부에 박히는 듯했다. 힘든 나날 속에 금이 가기 시작한 유리막이 피터를 마주하는 순간 터져버렸다.

그는 변한 것이 없었다. 나이가 든 탓인지 관자놀이에 흰 머리가 몇 개 보이고, 조금 나약해진 기색을 보였을 뿐. 하지만 이상하고 거친 눈빛은 그대로였다. 그의 눈길은 마치 그녀의 몸이 존재하지 않기라도 한 듯이 그녀를 꿰뚫었다. 그녀의 내면에 가 닿는 그의 눈빛은 영혼 그 자체였다.

그녀는 전보다 조금 더 나이가 들어 보였다. 그녀의 집 문 앞에 선 피터 월시는 당황스러운 탓인지 어떤 충동으로 그녀를 방문하게 되었는지 기억이 나지 않았다. 그녀는 나이를 먹었지만, 그렇게 나이 들어 보이지는 않았다. 크렘브륄레의 파삭파삭한 표면 같은 그윽한 멋을 지니고 있었다. 속을 들여다보고 손을 깊이 찔러 넣으면, 그해 여름을 버튼에서 보내던 어린 소녀를 발견하게 될 것이다.

"피터!"

클라리사는 그가 진짜 피터라고 믿기 위해 애쓰는 듯 말했다.

"내 편지 안 읽었소?"

피터가 물었다. 그 목소리는 언제나 그랬듯이 깊고 침착했다.

"아니오."

"여전하군."

그는 나무라는 듯한 소리로 말했다. 그녀는 웃었다. 갑자기 고맙다는 말이 자기도 모르게 흘러 나왔다. 변신은 자신의 결함을 고수하는 것보다 좋지 않다. 그러니 어린아이처럼 보이고 싶지 않은 바에야, 옛 모습을 노년까지 온전히 지니고 가기란 어려운 일이다.

"어떻게 여길 왔어요?"

"우리 안으로 들어가 얘기하면 안될까요?"

그녀 뒤쪽의 희미하게 비치는 집안으로 시선을 보내며 그가 물었다.

"규칙이 있어요."

그녀는 의심스럽다는 듯이 말했다.

"사회적 거리라는 규칙 말예요."

"난 감염되었다가 이제 완전히 회복되었어요."

피터가 만족스런 표정을 지으며 말했다.

"내가 원하는 만큼 멀리 널리 돌아다니게 될지도 모르겠어요. 일종의 새로운 역할이지."

"오!"

전염병에 걸린 오랜 친구가 아무 탈 없이 회복하여 나타났다는 것이 놀랍고 만족스럽다고 그녀는 말했다. 클라리사는 피터를 안으로 들여 응접실로 안내하였다. 30년 전에 자신이 결혼을 거부했던 남자다. 그런 사람을 자기 집에서 맞이하는 것이 예사롭지 않다는 생각을 하며 차를 준비했다. 한결같이 그녀를 사랑하는 리처드에게 시집가기 위해 거절했던 남자, 그 후로는 멀리

서만 잠깐 보았을 뿐이다. 곤혹스러움과 이상한 전율이 공간을 가득 메웠다. 아마도 그들이 나누었던 청춘 시절의 기억으로 안내되었기 때문일 것이다.

"잘 지내고 있어요?"

차를 따르면서 그녀가 물었다. 컵이 받침접시에 가볍게 부딪쳐 딸그락거렸다. 그녀는 차가 담긴 컵과 받침접시를 그에게 건네주었다. 그리고 중년이 된 지금도 여전히 길들여지길 거부하는, 뻣뻣한 금발 머리카락이 가득한 그의 머리를 잠시 위에서 내려다보았다. 긴장할 때 만지작거리곤 하던 낡은 주머니칼을 그는 여전히 만지작거리고 있었다. 그것이 여전히 그녀를 짜증나게 했다,

"난 이혼 서류 때문에 런던에 와 있어요."

마치 그녀의 질문에 대한 답인 듯이 그가 대답했다.

"미안해요."

그녀는 좀 더 격식을 차린 어조로 말했다. 그녀의 복부에서 부드럽게 찌르는 듯한 아픔이 되살아났다. 피터 월시가 바다 저쪽 세계에서 결혼한다는 소식이 날아온 날 느낀, 그가 결혼 거절의 아픔을 이겨냈다는 생각을 받아들일 수밖에 없었을 때 느낀 그 아픔이었다. 그리고 지금 그는 이혼 수속을 밟는 중이었다. 클라리사는 그 이유를 알았다. 그는 결코 평화를 찾을 수 없었던 것이다. 그도 그녀와 마찬가지로 평화를 찾을 수 없었다.

그녀가 오래 전에 그의 청혼을 거절한 이유 때문이었다. 피터 월 시는 사물의 실체 위에 매달려 있기를 좋아하지 않았다. 사물의 이면을 파고들기를 선호했다. 물가에서 모래를 파는 어린아이처럼 손을 쑤셔 넣어 보물을 찾을 것이라고 확신했다.

"리처드는 어때요?"

그는 무관심한 기색을 숨기지 않고 물었다.

"글쎄요. 그는 정치 경력을 쌓아가고 있어요, 예상대로."

클라리사가 대답했다.

"그래, 역시."

피터는 미소를 지으며 차를 한 모금 마셨다. 그는 옷을 맵시 있게 입었다. 어깨는 젊었을 때보다 더 곧았다. 대륙 너머에서의 세월은 그에게 경험이라는 근력으로 힘을 북돋워주었다. 그쪽 세계가 더 이상 미지의 땅이 아니기 때문에, 그의 발걸음을 더욱 안정되게 만드는 그런 종류의 것이었다.

"댈러웨이 부인."

그가 말했다. 그의 표정은 명백히 경멸을 드러내고 있었다. 그러나 진실은 전혀 달랐다. 그녀는 경직되어 보였지만, 그 경직은 조수(潮水)로부터 연체동물의 몸통을 보호하는 껍데기 같은 것이었다.

"잘 지내시죠?"

클라리사는 깜짝 놀랐다. 오랜 세월 동안 그녀는 가슴에 어떤 감정을 압축시켜 놓고 있었다. 리처드는 이럴 때일수록 이성적으로 행동해야 한다고 주장했다. 그러나 파도는, 아, 생명의 파도는 그 모래성의 토대에 얼마나 요란하게 부딪쳤는지 매일 무너지고, 무너지고 했다. 그 토대를 다시 세울 수도 없고, 올 수도 없다. 클라리사는 울음을 터뜨렸다. 바로 그 피터 월시 앞에서 울음을 터뜨렸다. 그녀를 가장 놀라게 한 것은 그가 키스를 하기 위해 그녀의 손을 잡았을 때, 그 역시 울고 있었다는 사실이다. 조용히, 거의 들리지 않는 흐느낌으로.

"무슨 일이에요?"

그녀는 자제하지 못하고 물었다. 피터는 추가로 설명해달라는 요청을 하지 않고도 언제나 그녀의 말을 다 이해했다. 그는 아무 대답도 하지 않았다. 그녀의 손에 계속 키스를 하고, 그 손을 들어 올려 자기의 눈에 갖다 댔을 뿐이었다. 그녀의 손에 그의 눈물이 느껴졌다. 오래 전에 그가 신사로서는 부적절하다고 판단해 헤어지려 했을 때의 바로 그 눈물이었다. 이제 그들은 안정을 찾았다. 피터의 흐느낌은 몇 주 동안을 불확실성 속에서 산 그녀가 경험한 것 가운데 가장 변함없는 것이었다. 그의 눈물은 붕괴되고 있는 세상에서 구체적이고 확실하게, 그녀에게 모든 것이 잘될 것이라고 시종 말해주고 있었다.

그는 시름에 잠긴 얼굴로 고개를 들었다. 아니야, 아니야, 나는 아직도 그녀를 사랑할 수는 없어! 몇 년이 지나도 안돼! 그런데 내가 런던에 도착하자마자 왜 그녀를 찾아왔을까? 아니야, 아니야, 그럴 리가 없어! 그의 심장은 두 번째로 다시 산산조각이 날 준비를 하고 있었다.

"밖에 꽃을 두고 왔어요."

그는 깊은 심호흡을 하며 말했다.

"꽃이라고요?"

그녀는 이제 좀 더 자제력을 발휘하며 말했다.

"꽃은 왜?"

"당신한테 주려고 가져왔지."

그가 말했다.

"하지만 당황스러워서 그만 거리의 담장 위에 두고 왔어요."

그는 클라리사의 손을 놓지 않으려 하며 꽃을 가져오기 위해 일어섰다. 마지막 순간까지 그녀의 눈에서 시선을 떼지 않았다.

'날 두고 가지 마.'

클라리사는 생각했다. 그녀는 그가 꽃을 가지고 돌아오기를 기다리면서 미소 지었다. 필수품은 아니지만, 그럼에도 그는 구매했다. 그녀를 위해서.

2020년 3월 25일

임무

"준비됐나, 생도?"

"네, 선생님!"

"케이블이 꽂혔어?"

"네, 선생님!"

"배터리가 충전됐나?"

"네, 선생님!"

"연결됐나?"

"네, 선생님!"

"어린 슈나이더를 잊지 말자, 생도! 그런 일이 다시 일어나기를 바라는가?"

"아닙니다, 선생님!"

"그가 웹캠에 진출한 것을 기억하자!"

"네, 선생님!"

"이제, 생도들은 해산하라. 그리고 기억하라, 여러분의 지성과 체력이 여러분을 여기까지 데려왔다는 것을. 지금 여러분을 기다리고 있는 임무는 쉬운 일이 아니지만, 우리는 여러분이 성공할 것으로 꼭 믿고 있다!"

생도들은 가능한 한 긴장을 풀고 짐을 다 꾸리고는 침대 주위에서 어울렸다.

"우리가 해냈어, 그렇지?"

마이크가 말했다.

"2032반을 위해 만세 3창이다!"

"난 그렇게 유쾌하지 않은걸."

실비아는 마이크의 왼쪽으로 야전침대를 밀어놓고 마지막으로 침낭을 눌러 배낭에 넣었다.

"어려운 시기가 지금 오고 있어. 안녕, 마이크. 우리가 끝내 알아내지 못한 것이 아쉽지만, 나는 다른 생각을 하고 있었어. 7G가 성적 욕구를 억제한다더라."

실비아는 서둘러 학원을 빠져나왔다. 집에 도착해서 접속 스테이션을 준비할 시간이 몇 시간밖에 없었다. 몇 달 동안 혹독한 훈련을 받은 뒤에도 그녀는 여전히 초조함을 느꼈다. 모든 것이 쉽게 잘못될 수 있어. 그녀 이전의 다른 많은 사람들에게도 그런 일이 일어났다. 몇 달 동안의 고된 노력이 헛수고가 되는 데 1초밖에 걸리지 않았고, 그것을 바로잡는 데 꼬박 하룻밤이 걸렸다.

부대 선임하사관이 나가는 그녀를 잠깐 멈추게 했다.

"디아즈 사관님."

그는 그녀에게 서류를 건네며 말했다.

"우리는 사관님을 지역 감독관으로 모시기로 했습니다. 15명의 비디오 지도교사와 총 150명의 학생을 담당하게 될 것입니다. 수락하시겠습니까?"

"네, 잘 알겠습니다. 영광입니다!"

실비아는 서류를 받으며 큰 소리로 말했다. 그녀는 경례를 붙이고는 재빨리 고개를 끄덕였다. 그리고 그곳을 떠났다. 지역 감독관이라! 재빨리 계산해보았다. 봉급이 두 배다! 그녀는 미소를 지었다. 그녀의 모든 희생이 결실을 맺었다. 비디오 지도교사들은 가장 높은 보수를 받았다. 소진할 위험이 가장 높은 초기 몇 주를 버텨내고, 계약서가 요구하는 대로 꾸준함을 유지하고, 집중하고, 경계하고, 언제나 활용 가능하게 준비한 대가였다.

준비가 된 것 같았다. 그녀가 할 일은 집에서 케이블만 확인하면 되었다. 다음날 아침에 그녀는 참호 안에 있을 것이다!

"난 디아즈 지역 감독관입니다. 내 말 잘 들립니까?"

그녀가 마이크에 대고 말했다. 그녀 앞에는 강력한 하드디스크에 연결된 다양한 크기의 스크린 4개와 태블릿 1대, 전원이 켜진 전화기 2대, 그리고 충전된 예비 전화기 1대가 있었다.

"또렷하게 잘 들립니다."

스크린1에서 열다섯 사람의 목소리가 응답했다. 그들의 얼굴이 한 번에 하나씩 불쑥 나타났다가 다섯 명씩 3줄로 정렬되었다. 실비아는 모두가 출석했는지 그리고 그들의 얼굴이 자신의 파일 속에 있는 사진과 일치하는지 확인했다. 탈영하는 병사들이 이미 있었고, 신원확인 절차가 강화되어 있었다.

"좋습니다. 여러분이 이 중요한 임무를 수행할 준비가 다 되었으면 좋겠습니다."

그녀가 조금 전에 이메일로 보낸 공식 연설문을 읽으며 말했다.

"새로운 도전과 새로운 성공의 한 해가 오늘부터 시작됩니다. 나는 여러분 모두에게 의지할 수 있다고 확신하지만, 여러분에게 권하고 싶습니다. 조금이라도 이상한 일이 생기거나 소진의 징후가 보이면, 아무리 작은 일이라도 빠른 시간 안에 내게 보고해주십시오. 우리는 앞으로 긴 싸움을 해야 하고 단결해야 합니다. 내 말이 무슨 의미인지 알겠습니까?"

"네, 감독관님!"

열다섯 명의 얼굴이 대답했다. 실비아는 가슴을 부풀렸다. 이렇게 중요한 임무를 맡게 된 것은 멋진 일이었다.

"우리는 15분 후에 출발합니다."

그녀는 덧붙였다.

"그동안 장비 점검하고 배정받은 연도에 맞는 자료를 확보했는지 확인하십시오."

점검에는 불과 몇 분밖에 걸리지 않았다. 실비아가 전자등록부에 모든 것을 기록하는 데 걸린 시간과 열어놓은 스크린3에서 중요한 문서를 점검하는 임무에 걸린 시간을 합쳐서 그랬다.

"여러분이 하는 일에 긍지를 가지십시오."

실비아는 연설을 마무리하며 말했다.

"20여 년 전만 해도 이 같은 임무에서 사람들이 죽어 나갔습니다. 극도로 어려운 환경에서 일했고, 아무런 지원도 받지 못한 채 일했다는 사실을 상기하세요. 지금은 기술격차가 메워졌지요. 아무도 학습 중반에 얼어버린 어린 슈나이더와 같은 운명을 만나지 않아도 된다는 점을 자랑스러워해야 합니다."

열다섯 명의 얼굴이 엄숙하게 고개를 끄덕였다.

시작까지 5초가 남았다. 실비아는 손가락을 ON 버튼 위에 올려놓았다.

"행운을 빌어요. 셋, 둘, 하나. 커넥티드!"

스크린1의 얼굴들은 침묵을 지켰다. 그녀가 그들의 진행상황을 모니터하는 데 방해 받지 않기 위해서였다. 한편 이날 아침 학생 10명의 얼굴이 스크린2에 나타났다.

"안녕하십니까, 디아즈 비디오 선생님!"

그들은 일제히 외쳤다.

"안녕하세요, 소년 소녀 여러분. 어서 와요."

실비아는 대답했다.

"화면 동결 여부를 확인하기 위해 10초짜리 공식 춤을 추는 게 어떨까요?"

젊은이들이 일어서서 아침 안무를 시작했다. 실비아는 그들의 모든 스크린이 제대로 작동하고 있는지 확인하기 위해 재빨리 훑어보았다.

"7번 스테이션, 웹캠을 들어요. 학생의 턱밖에 보이지 않아요."

그녀가 말했다.

"8번 스테이션, 학생은 반광선 안에 있어요, 움직여요. 다른 사람들은 다 괜찮아요. 좋아요, 앉아도 좋아요."

학생들은 스크린 앞에 있는 자리로 돌아왔다.

"내 다츠 계좌를 갖고 있나요? 문제가 있는 학생은 영상통화를 방해하지 말고 채팅으로 연락하면 실시간으로 응답하겠어요."

그녀가 말했다.

소년 소녀들은 고개를 끄덕였다.

"좋아요, 이제 시작해요."

실비아가 말했다.

"15번 위치에서 디지털 리소스를 열어요. 서론은 생략하겠어요. 두 번째 링크를 클릭하면 오늘 보았으면 하는 타임라인이 열릴 거예요."

그녀는 학생들이 필요한 페이지에 접속하기를 기다렸다. 모두 연결되었을 때 그들의 얼굴 아래에서 초록색 점이 빛났다.

'11초: 작업 완료됨.'

"오늘 우리는 4학년 역사 교육과정을 시작하려 해요."

실비아는 말했다.

"우리는 대유행 팬데믹의 해인 2020년부터 시작해서, 세계 경제처럼 코로나19의 파괴적인 확산이 초래된 많은 원인을 연구하기 위해 노력할 거예요. 제4항을 읽고 우리의 연구를 시작해요. 단체 토론까지 15분 남았어요."

학생들이 각자의 연구를 진행하는 동안 실비아는 다츠에 있는 112개의 메시지에 응답했고, 각각의 컴퓨터에 원격으로 들어가 연결 문제, 버그, 마이크 분실 등을 해결했다. 그녀는 근육을 팽팽하게 하고, 팔을 구부리고, 손가락을 빠르게 움직였다. 그녀는 훈련 캠프에서 배운 집중훈련과 강화된 근육에 대해 무언의 감사를 표했다. 그녀의 시선이 박스32, 스크린2를 향했다.

"스테이션3, 음식은 치워요. 아직 휴식시간이 아녜요."

스크린3에 부대 선임하사관의 얼굴이 나타났다. 실비아는 스크린2에서 마이크를 음소거하고 스크린3의 마이크를 활성

화했다.

"모든 게 질서정연하게 되고 있습니까? 지역 감독관 디아즈 님? 계획대로 진행되고 있는 거지요?"

그가 물었다.

"네, 잘되고 있습니다."

실비아는 미소를 지으며 대답했다.

"그곳 일은 어떻게 진행되고 있습니까?"

"이쪽은 두 명의 컴퓨터가 동결되고, 다섯 사람은 잠옷 차림 출석, 그리고 세 명이 무단결석했습니다."

그는 아쉬워하며 말했다.

"모두 10초도 안돼 처리했기 때문에 기준에 잘 부합했습니 다. 힘내세요, 지역 감독관님. 한 해가 막 시작되었습니다. 우리 는 언젠가 해변에서 테킬라를 마실 겁니다. 하지만 지금은 안됩 니다."

"네, 잘 알겠습니다."

그녀가 대답했다.

"이제 막 한 해가 시작되었어요."

"지금 연결해제 중입니다."

그가 말했다.

"자, 그럼 나중에 봅시다."

"저, 궁금한 게 있습니다."

실비아는 그가 전화를 끊기 전에 말을 가로막았다.

"언젠가는 우리가 다시 교실로 돌아갈 수 있겠지요?"

선임하사관은 웃었다.

"난 그렇게 생각하지 않습니다. 디아즈 감독관님, 아직 감독관님의 직업에 대해 걱정할 필요는 없습니다. 바이러스로 인해 모임은 여전히 금지되고 있고, 교육은 우리나라가 책임져야 할 가장 중요한 임무입니다. 바이러스는 그런 의미를 갖고 있습니다. 우리는 일단의 학생들이 단지 거리 문제 때문에 우리의 일을 방해하는 것을 용납하지 않을 것입니다."

실비아는 고개를 끄덕이며 그들의 연결을 끊고 스크린2로 돌아왔다. 사고가 점점 줄긴 했지만 정신을 바짝 차려야 했다. 이 시스템이 보편적으로 수용되고 학생들이 스크린을 교육 이수의 유일한 수단으로 여기는 데는 적어도 한 세대가 더 필요할 것이다.

"자, 이제 몇 가지 질문을 할게요. 여러분이 이 전염병에 대해 얼마나 많은 것을 알게 되었는지 살펴봅시다."

실비아가 열려 있는 마이크에 대고 말했다.

"6번 스테이션 시작하세요. 스크린 아래서 플레이하고 있는 게 뭐죠? 산만하게 하지 마세요."

스크린3이 다시 켜졌다. 실비아는 스크린2를 잠시 멈추었고, 6번 스테이션은 조용해졌다.

"디아즈 감독관님, 나는 감독관님이 알고 있을 거라 믿습니다."

부대 선임하사관이 목소리를 높이며 말했다.

"부모님들이 스크린4에서 16시에 온라인 접속할 것입니다."

실비아는 고개를 끄덕였다. 스크린4는 소진(消盡)을 설정할 수 있는 곳이었다. 그녀는 그것을 알고 있었고, 만반의 준비를 하고 있었다. 그녀는 '긴급: 불안정 연결 시뮬레이션' 키에 의존하지 않고 최선을 다해 업무를 수행했다. 그래, 임무는 별 탈 없이 무사히 완수될 것이다. 이들 젊은이들은 교육을 받을 것이고, 지역 감독관 디아즈는 그 병에서 회복해 살아남을 것이다. 그리고 어느 날 해변에서 테킬라를 마실 것이다.

2020년 3월 26일

집행유예

사람들이 실제로 전염병 때문에 스트레스를 받고 있다고? 에 잇, 패배자들 같으니라고. 당신들이 인생에 대해 뭘 알아? 아무 것도 이해하지 못한 채 좋은 식료품점을 고르고, PTA 미팅에 참석하고, 미용실을 예약하는 중요한 일에 초조해하며 시간을 보내 왔을 뿐이라고. 당신들은 지금 벼랑의 가장자리에 서 있는 느낌일 거요. 멋지게 손질한 헤어스타일과 새로 물세차한 자동차, 6개월 전에 예약한 휴가가 걱정되는가? 아마도 변화가 너무 두려워 해마다 같은 장소에서 휴가를 보내겠지.

팬데믹은 당신들을 변화시키지 않을 거요. 걱정하지 마시라. 당신들은 여전히 똑같을 거라고. 이번 경험에서 아무것도 배우지 못할 테니. 삶에서 무언가를 배우려면 삶이 당신들을 아프게 해야 하는 것이오. 당신들의 예쁜 책장에 쌓여 있는 인쇄된 쓰레기 더미에서 배우는 게 아니지.

숨을 들이쉬는 것조차 고통스러웠던 일이 언제가 마지막이었지? 기억이 안 날 거요? 그래서 코로나19가 걱정되는 거라고. 숨도 못 쉬게 될까봐 두려운 거라고. 수십 년 동안 모든 감정에서 산소를 빨아먹은 당신들은 그게 어떤 기분인지 모를 거요.

솔직히 말해서 당신들 같은 사람들이 나를 아프게 하는 거요. (당신들은 거의 예외 없이 인류 전체라오.) 이 바이러스가 당신들 전부를 지워버리고 나면 내게서는 눈물이 사라질 것이고, 안마 시술소에는 더 많은 빈방이 남게 되겠지. 하지만 해변가의 아파트 테라스에서 세 번째 모히토를 홀짝이며 앉아 있는 나를 정말 놀라게 하는 것은, 당신들이 죽음을 얼마나 두려워하느냐 하는 거요. 당신들의 삶을 세상 누구도 대신해줄 수 없고, 당신 없이는 온 우주에서도 이루어질 수 없는 일일 때, 죽음이 무섭게 느껴질 수 있는 거요. 예를 들어 레오나르도 다빈치는 죽음을 두려워할 권리가 있었지만, 그러지 않았을 거라고 확신하오. 중요한 일을 하느라 너무 바빴을 테니.

나는 대부분의 사람들이 죽음을 두려워한다는 게 항상 수상쩍었다오. 이 세상에 존재한다는 게 아무런 목적도 없는 일이라는 것을 사람들이 잘 알고 있을 뿐 아니라, 죽은 지 5분 후면 잊힐 텐데 말이오. 사람들은 아마도 그런 일이 일어나지 않도록 하기 위해 자손을 생산했을 것이오. 그래서 지구상에 살고 있는 80억 인구 중 적어도 한 명은 그들을 기억해야 할 의무가 있는 것이지. 그들이 난자와 정자를 한데 모으는 것말고는 아무런 가치 있는 일을 하지 않았더라도 말이오. 더러는 그런 일조차도 하지 않지만.

하지만 나는 사실 당신들을 미워하지 않소. 아무도 미워한 적이 없다오. 당신들 대부분이 그런 것을 이해할 두뇌가 없다는 것을 잘 알고 있으니까. 당신들은 그저 이해를 못할 뿐이지. 당신들 잘못은 아니오, 그렇게 태어났으니. 당신들은 복잡한 기계의 기본 버전이라오. 그 기계는 바로 인간이오. 나는 당신들을 경멸하고, 종종 이용하곤 할 뿐이지.

소수의 똑똑한 자들이 놀라운 부자가 될 수 있도록 만들어진 우리의 이 멋진 글로벌 시스템은 전적으로 당신들 감정의 단순성과 예측 가능한 반응을 바탕으로 하는 것이오. 내가 작가라면 쓰레기 같은 소설에서도 당신들에게는 절대 배역을 주지 않을 거요. 당신들은 운이 좋은 거요, 내가 소설 쓸 일은 없을 테니. 당신들을 행복하게 하기 위해, 당신들이 등장하는 책을 쓸 필요는 없지. 아! 따분하고 쓰레기 같은 당신들의 삶에 대해 이야기를 쓴다면 얼마나 그럴듯할까.

당신들은 상상력이 너무 부족해서 규칙 위반도 제대로 할 수 없어. 당신들에게 규칙 위반용 표준 패키지를 판매하기가 몹시 쉬운 이유지. 모순을 알아차리겠소? 당신들에겐 규칙을 어기는 법을 말해줄 사람이 필요해. '여기 이 약을 먹어, 이딴 식으로 굴어, 애인을 만들어, 포르노를 봐, 이런 식으로 옷을 입어, 이 반항아들아!'라고. 당신들은 나를 쓴웃음 짓게 하지만, 나는 당신들을 함부로 판단하지 않아. 당신들은 우리 주변에서 부를 창출하고 나서, 당신들이 힙하다고 생각하는 사람의 이니셜을 과시하는 멋진 가방과 최신 스마트폰 모델 같은 것을 구하느라 빚더미에 올라앉곤 하지.

모든 것을 고려해볼 때, 내가 충분히 노력한다면, 당신들을 사랑하게 될 거야. 솔직히 그래. 이곳 테라스 위에서 바라보니 바다의 굽이진 만이 보이고, 그 너머로는 주택과 아파트들이 끝없이 늘어서 있군. 그곳에 살고 있는 당신들 모두 바이러스가 무섭고 죽음이 두려워 갇혀 지내고 있지. 두 달 전만 해도 당신들이 무서워했던 건 외국인이었어. 테러리스트들이 자취를 감춘 지 5개월이 되었군. 다들 어디로 갔을까? 그 전에는 무서웠던 게 무엇이었지? 누가 당신들의 엉성한 계획을 위협하고 있었지? 2001년의 탄저균 공격이 기억나는군.

난 내 이름으로 된 돈이라곤 한푼도 없이 런던 거리에서 살던 아이였지. 탄저균은 내가 지닌 문제 가운데 가장 소소한 것이었어. 나를 만드는 데 성공한 정자를 제공한 사내는 안정된 미래와 같은 다른 유용한 것을 제공하는 데는 아무런 쓸모가 없는 것으로 판명되었지. 난자를 제공한 여자는 그 위험성을 잘 다루지 못했고. 나는 결국 안전망이 없는, 냉혹하게 사리사욕만을 추구하는 도시에 혼자 남겨졌지. 살아남을 길은 두뇌뿐이었어. 그건 당신들의 기본 모델이 아니야. 제작자가 자신의 창작물을 통제할 수 없게 되는 공상과학 영화에서처럼 자동으로 업데이트되는 하이 스펙 버전, 그것이 바로 나였소. 나를 창조한 이들, 곧 나의 부모님, 사회, 또는 살아갈 방도를 일러주던 사람들 그 누구의 통제에서도 벗어난 기계였소. 가끔 나 자신을 자제할 수 없긴 하지만, 굳이 왜 당신들에게 이런 걸 설명하는지 모르겠군. 당신들은 222살까지 산다 해도 절대 경험하지 못할 거요.

탄저균 사업은 허풍이었는데, 지금 이 바이러스도 마찬가지일 거요. 당신 나라 같은 평균 크기의 나라에서 매일 500여 명이 암으로 죽고 있어. 유독성 쓰레기가 가득한 시골티 나는 매립지 근처에 사는 사람들의 사망률은 더 높겠지. 숫자를 잠깐 살펴보면 코로나 바이러스가 매년 굶주림으로 죽어가는 사람들과 같은 수의 사람을 죽음으로 몰아가고 있다는 것을 알게 될 거야. 굶주리지 않았으면 죽지 않았을 것이라는 의미는 아니오. 당신들이 좀 더 복잡한 집합체의 기본 버전이라고 말했지만, 그렇다고 당신들의 작은 뇌를 전혀 사용할 필요가 없다는 건 아니오. 굶주림이 당신들의 문제가 아니라고 누가 말하겠소? 아마 언젠가는 그럴지도 모르지. 무슨 일이든 일어날 수 있으니까.

얼마 전까지만 해도 내 차고에는 페라리 두 대가 있었어. 런던의 빈민가에서 해변가 차고에 페라리 2대를 소유하는 데까지 나아간 거지. 집안일이나 세차에 시간을 낭비하지 않고 인생을 살았다고 말해 두겠소. 어차피 내 인생의 대부분 동안 차를 가져본 적이 없고, 아직도 운전 기술이 엉망이오. 하지만 페라리는 당신 같은 사람들에게 깊은 인상을 주기 때문에 좋았어. 이미 읽기를 멈추었겠지만, 거의 다시 원점으로 돌아왔군.

내가 왜 이 모든 것을 말하고 있는지 모르겠어. 내가 아는 것이라고는 이 팬데믹이 나에게 유용하다는 것이고, 오래오래 지속되기를 바랄 뿐이야. 내 형기는 일시 정지되었고, 수감은 현재 보류 중이야. 교도소 안에서는 안전거리 유지가 불가능해서 감염 위험을 감수할 수 없는 거지. 코로나 바이러스가 부유한 서방세계를 계속 때리고, 아무도, 심지어 우리 지도자들조차 관심을 갖지 않는 한, 난 바깥세상에 남아 있을 거야.

전혀 내 잘못이 아닌 일로 실제 범죄자들과 함께 갇혀 있기보다는 해변가 주택에서 자가격리하는 생활이 비교할 수 없을 만큼 낫지. 나는 분명히 이런 일이 일어날 줄 알았어. 항상 알고 있었다고. 어렸을 때부터 백만장자가 되거나 아니면 감옥에 갈 걸로 생각했어. 그래서 겁쟁이처럼 회피하지 않고 지능형 인간 버전이 되어 힘껏 살았지. 뭐, 두 가지를 모두 산 셈이기도 하고. 시간이 좀 걸렸지만, 겨우 마흔다섯 살에 백만장자가 되었지. 한때의 일이긴 했어도. 이제는 감옥에 가게 되었지.

결국엔, 그래서 내가 책을 읽지 않는 것 같아. 당신들은 평범한 세계에서 당신들을 꺼내줄 이야기가 필요해. 그래서 평범하지 않은 내가 있는 거지. 나는 내 자리, 내 세계의 운전석에 그대로 있어. 내게는 규칙 어기는 법을 가르쳐줄 사람이 필요 없어. 솔직히 전혀 필요 없지. 나는 스스로 이야기를 만들어낼 수 있어. 서사시적인 사랑 이야기, 무모한 모험, 드라마, 격렬한 섹스, 위험, 위기 모면, 불가능한 성취, 전설적인 실패… 영화나 소설에서 스릴을 느끼는 모든 것들을 생각해보라고.

나는 그것들을 해내고, 그것들을 보고, 그것들과 함께 살았어. 나는 거기에 있었어. 지금도 거기에 있다고. 나는 물러나지 않아. 창을 통해서 인생을 보지 않아. 감옥에 가게 되더라도 그렇게 살지 않을 거야. 언젠가 감옥에 가겠지만. 돈, 멋진 집, 주말여행용 전용 제트기 같은 당신들이 꿈꾸는 모든 것을 가지고 있었을 때, 나는 가만히 멈춰 있지 않았어. 왜 그랬을까? 그 모두는 같은 시스템의 일부분이고, 그 모든 것이지. 개인 제트기에서 한순간에 리우데자네이로의 판잣집으로 떨어질 수 있다고. 해변가 별장과 감옥 사이의 거리는 생각보다 훨씬 짧아. 항상 그랬어.

그래서 어쩌면 내가 책을 쓸지도 모르겠어. 시간을 좀 낼 거야. 그래야만 되지 않겠어? 내 삶의 이야기를 쓸 것이고, 책의 앞

표지에 '실화를 바탕으로'라고 쓸 거야. 내 이야기지. 당신들은 내 이야기를 당신들이 다른 모든 것들과 상호작용하는 원격 방식으로 읽겠지. 야생동물의 야성으로부터 사람을 보호하기 위해 동물을 철창에 가둬 놓은 동물원이나 박물관을 구경하는 방문객처럼. 흥미롭군. 당신들은 날더러 정말 흥미로운 녀석이라고 말하겠지. 온라인에서 내 사진을 찾아보면, 내 책을 각색한 영화 속의 배우처럼 보이지는 않을 거야. 하지만 내가 한 일은 옳지 않아도, 내가 그럴 만한 자격은 있다고 말하지 않을까. 설사 그것이 우리의 야성을 포기하는 것이고, 세차와 PTA 회의 참석이 당신들이 꿈꿔온 모든 것을 만족시키는 척 가장하게 되더라도.

책을 덮고, 최근에 산 다른 책들과 함께 책장에 밀어 넣고 나면, 책 속의 주인공이 당신들이 아닌 게 얼마나 다행인가 생각될 거요. 내 이야기는 당신들의 준비된 삶이 옳았다는 증거가 되겠지. 혹은 당신들을 진일보하게 하고, 불현듯 자신을 가두고 있는 울타리를 보게 할 거요. 당신들이 먼저 막을 방도도 생각하지 않은 채 자신의 주위에 세우기로 한 보이지 않는 울타리 말이오. 그 울타리 없이는 당신들은 살아갈 수 없지. 당신들의 숨결을 앗아가는 그런 미지의 힘을 마지막으로 느낀 게 언제였지? 뜬눈으로 밤을 새운 마지막이 언제였으며, 아드레날린/열정/사랑/분노 때문에 잠들지 못했던 때가 언제였지? 무엇인가가 당신들을 그처럼 흥분하게 만들고, 지독히 하고 싶게 만들어 결국은 해내고야 만 마지막은 언제였지?

당신들은 이 바이러스를 무서워하고, 죽음을 두려워하고 있어. 모든 걸 두려워하기 때문이야. 정말 웃기는군, 폭동이라니. 우리 집 해변 테라스에서 네 번째 모히토를 섞으며 당신들에게 비웃음을 보내나니. 솔직히 내 자신의 이야기에서 내가 어떻게 항상 주연을 맡았는지를 생각하는 중이야. 나는 누구에게도 쉬라고 한 적이 없어.

2020년 3월 27일

탈출

학교로 돌아가면 내 에세이에 그것을 쓸 수 있을지 궁금하다. 선생님이 '팬데믹 기간 동안 한 일'에 대한 글쓰기 숙제를 내 준다는 이야기가 들리는 것 같다. 선생님은 아이들이 하루종일 엄마 아빠와 함께 실내에 갇혀 있는 게 어떤 건지 전혀 모른다.

'학교에 가지 않아 자유시간이 많았다'는 데서부터 글쓰기를 시작하는 것이 그리 나쁘지는 않았다. 엄마 아빠는 내가 게으름에 빠지지 않도록 하기 위해 온갖 종류의 아이디어를 생각해 냈다. 미안했지만 엄마 아빠가 날 좀 내버려두었으면 싶었다. 두 분이 너무 즐거워하는 것 같아서 나는 아무 말도 하지 않기로 했다.

하지만 하루종일 어른들과 노는 것은 재미가 없다. 그들은 진지하게 게임을 하지 않고, 더러 아이 쪽이 이기도록 내버려둔다. 외동이라면 더욱 그렇다. 그들은 아이에게 격리기간 동안 시간을 같이 보낼 수 있는 형제자매를 만들어주지 못해 죄책감을 느낀다.

나는 코로나 바이러스의 그림을 그렸는데, 심지어 바이러스에 왕관을 씌우기도 했다. 생각해보면 코로나 바이러스는 왕족과 같다. 그렇잖아? 우리가 할 수 있는 일과 할 수 없는 일을 좌지우지하고 있는 것이다. 더 이상 밖에 나가지 못하니 비디오 채팅이 아니고는 친구를 만나지도 못한다. 학교로 가는 여행은 10초밖에 안 걸린다. 내 방에서 컴퓨터가 있는 거실까지 가는 데 걸리는 시간이다. 거기서 컴퓨터를 켜고 선생님이 진행하는 화상수업에 접속하면 된다.

우리 선생님은 완전히 폭동을 일으키는 수준이다. 처음 며칠 동안 선생님은 어떻게 동영상을 공유해야 할지 전혀 몰랐다. 지금은 3초마다 화면이 여전히 얼어붙는 상황에서도 모든 테크닉을 발휘한다. 그럴 때마다 선생님의 얼굴은 가장 바보 같은 표정을 짓는다. 그것이 우리를 마구 웃게 만든다. 우리는 친구들에게 스크린샷을 보내고 함께 밈을 만든다. 가장 재미있는 순간은 선생님이 입을 크게 벌리고 한쪽 눈을 반쯤 감을 때이다. 누군가 그 밑에 좀비이(ZOMBIEEEE)!라는 단어를 넣었고, 그것이 몇 주 동안 우리의 웃음 소재가 되었다. 내 친구가 랩까지 추가했다.

'그래, 그래, 확인해봐, 좀비가 있어.'

내가 가장 잘할 수 있는 일은 창밖을 내다보는 일이었다. 다행이었다. 다른 사람들이 그들의 집안에 갇힌 채, 나만큼 지루하게 창밖을 응시하는 것을 볼 수 있었다. 우리 아파트 주변 정원은 지금은 모두 텅 비어 있다. 학교생활, 숙제, 유도, 피아노 레슨, 성경 공부, 그밖에도 할 일이 태산 같아서, 너무 바빠 어차피 그곳에 가본 적도 없다. 여름에는 해변에 있는 할머니 댁에 가기 때문에 이곳에 머물지 않았다.

그래서 정원에 가본 적이 없지만, 설령 그곳에 갔던들 무엇을 했을 것인가? 나는 우리 이웃에 사는 다른 아이들을 전혀 모른다. 이제 처음 창문 너머로 그들을 보고 있다. 한 소녀가 나에게 손을 흔든다. 나도 답례로 손을 흔든다. 그애는 미소를 지으며 내게 기다리라는 손짓을 하고는 사라진다. 10초 후, 그애는 손에 뭔가를 들고 돌아왔다. 그게 뭔지 알 수가 없다. 마치 빌딩 블록처럼 보인다.

나는 어제 만든 로봇을 가져오는 동안 기다리라고 신호를 보낸다. 로봇을 창문에 가져다 댔더니 그애가 엄지손가락을 치켜세운다. 그애네 집 한 층 윗집에서 남자아이가 약간 혼란스러운 표정으로 밖을 내다보고 있다. 잠깐 사라지더니 자신이 만든 무엇인가를 가지고 돌아온다. 어럽쇼, 그들 모두 전문 빌더(builder)

들이네! 그들의 전화번호만 가지고 있다면, 우리가 만든 자료의 사진을, 심지어 만들 때의 스냅챗도 공유할 수 있을 것이다.

그들에게 내 전화번호를 외치기 위해 창문을 열 수 없다. 엄마가 알면 가만두지 않을 거다. 나는 그 소녀를 유심히 보고 있고, 그애에게 기다리라고 신호를 보낸다. 그애네 집 위층의 남자아이가 고개를 끄덕인다. 정말 웃긴다. 내 방으로 뛰어가 종이한 장을 가지고 온다. 거기에 검은 글씨로 내 전화번호를 쓴다. 그리고 그들이 내 번호를 볼 수 있도록 종이를 창문 위로 들어올린다.

소녀는 '만세!'라는 표시로 두 팔을 허공에 들어 올린다. 소년은 달아나버린다. 그들은 자신들의 전화기에 내 전화번호를 저장한다. 10초 후에 내 전화기가 울린다. 아빠가 못마땅해하시는데도, 할머니가 우겨서 내 생일에 새 핸드폰을 사주셨으니 다행이다. 엄마 아빠는 보통 하루에 한두 시간만 핸드폰을 만질 수 있게 허용했다. 하지만 코로나 바이러스는 우리 집 핸드폰에 대한 모든 제한을 취소하게 한 대신 우리를 감옥에 가두어버렸다.

우리는 메시지를 보내기 시작한다. 그 소녀는 엘레나라고 불리고, 그애네 집 위층의 소년은 벤이라고 불린다. 그들이 종이 위에 숫자를 적어 창문 앞에서 들고 있다. 우리 집 위아래층 창가에는 다른 아이들이 있을 거야. 우리는 오후 내내 이렇게 시간을 보낸다. 엘레나가 '창유리에 비친 사람들'이라고 이름붙인 이 그룹에 점점 더 많은 아이들이 합류한다. 종잇조각에 쓴 전화번호들이 계속 창문에 비치며, 그날 하루가 끝날 때쯤에는 34명의 아이들이 가입했다. 혼돈 그 자체였다. 단체 채팅은 사진, 소개, 그림, 오디오 메시지 등 모든 종류의 내용으로 가득 찬다.

"저녁 식사 준비됐다!"

아빠가 소리를 지른다. 창유리에 비친 사람들 덕분에 시간이 빨리 흘러가버린 것 같다. 나는 지금 그들과 함께 모든 시간을 보내고 있다. 우리는 온라인 게임도 함께 한다.(창유리 게이머가 되었다!) 재미있다. 글쎄, 나도 집에 갇혀 있는 게 싫증이 나서 그걸 시작한 것이다. 내 창문에서 엘레나가 보이고 벤이 보인다. 우리가 실제생활에서 만날 수 있을지 궁금하다.

어느 날 밤 뉴스를 보면서 출연자들이 몇 가지 수치를 얘기하는 걸 듣는다. 새로운 감염자 숫자와 사망자 숫자가 나온다. 그들 중 아이들은 없다. 그 바이러스는 노인들만 죽이고, 젊은이들은 단지 보균자에 지나지 않게 한다. 마치 코로나 바이러스가 젊은이들을 버스처럼 이용하는 것 같다. 그러나 우리 부모님은 늙지 않으셨기 때문에, 설령 바이러스가 나한테 올라 타더라도 바이러스는 내릴 곳이 없을 것이다. 끝까지 가더라도 바꾸어 탈 사람이 없을 것이다. 그러니 위험은 없다.

그날 밤 늦게 잠자리에 들었다. 다리가 경련을 일으키며(마지막으로 달린 적인 언제인지 기억나지 않는다) 마음이 쿵쾅거린다. 잠이 오지 않는다. 그 그룹에 들어가 글을 쓴다.

"정원에서 만나는 게 어때?"

"나랑 성교하자!"

"뭐뭐뭐라구? 미쳤어?"

"뭐가?"

"정말?"

"해보자!"

"대단해!"

"언제 할까?"

"엄마가 날 가만두지 않을 거야."

"바이러스는 어떻게 됐지?"

우리들 가운데 열 명이 만나기로 동의한다. 그들은 나를 책임자로 세웠다.

'우리는 밤에 결행할 것이다. 부모님이 잠들었을 때.'

이렇게 글을 쓰고 나서 곧바로 벤으로부터 '좋아요'와 이모티콘, 하트 세례를 받는다. 누군가가 그 밑에 해적선 이모티콘을 덧붙인다.

우리 부모님이 이러고 있는 날 보면 기막혀 할 거야. 하지만 아드레날린이 벌써 날 흥분시키고 있으니까 상관없어. 마치 내가 책이나 만화에서 본 죽음에 도전하는 영웅들 중의 한 명이라도 되는 듯이 말이야. 그들은 규칙을 따르지 않는다. 그렇게 해서 그들은 영웅이 될 수 있는 것이다.

결행 시간이 되었다. 자정이 되니 베개 밑에서 알람이 울린다. 스위치를 끄고 엄마와 아빠의 침실을 잠깐 들여다본다. 엄마 아빠는 깊이 잠들어 있다. 나무 바닥에 연필을 떨어뜨려본다. 탁! 침대에서는 미동도 없다. 좋아. 옷을 입고 문으로 향한다. 열쇠가 자물쇠에 걸려 있다. 열쇠를 살며시 집어 주머니에 밀어 넣고 밖으로 나간다. 한 번에 두 계단씩 뛰어 내려간다. 야호! 난 자유야! 온몸이 떨리고 무서워 죽을 지경이지만 극도로 흥분되어 있다! 정원 속으로 들어가며 깊은 심호흡을 한다. 봄인데도 여전히 춥다. '얼마나 훌륭해'라는 생각이 든다. 나는 밖에 있다!

다른 친구들이 도착하기 시작한다. 와, 실제의 사람들! 우리는 서로간에 6피트 거리를 유지하며 팔꿈치 인사도 나눈다. 그러면서 너무 크게 웃지 않으려고 노력한다. 모두들 들떠 있다. 우리는 단체 채팅방에 올릴 셀카를 찍는다. 우리의 모습은 뒤쪽 가로등이 내뿜는 밝은 빛 줄무늬 속에서 어두워진다.

"우리 뭘 할까?"

벤이 묻는다.

"숨바꼭질 어때?"

내가 말한다.

"우리는 소리를 지를 수 없어. 제스처를 사용해보자. 누군가를 찾으면 한 팔을 공중으로 올려 다른 사람들에게 메시지를 보내자. 아주 빨리."

모두가 동의한다. 우리는 처음으로 정원을 둘러본다. 아파트 건물 사이 넓은 공간 여기저기의 덤불, 쓰레기통, 거대한 파종기… 그리고 지하 차고로 내려가는 계단을 비롯해 숨을 곳이 끝도 없이 많다. 어쩌면 내일 밤에 회중전등을 가지고 와서 다시 둘러볼 수 있을지도 몰라! 생각만 해도 오싹해진다. 엄마가 날 보면 까무러칠 거야. 엄마가 아직 자고 있으면 좋겠다.

그러나 역사상 가장 서사시적인 숨바꼭질이 시작될 때, 나는 곧 엄마에 대한 생각을 모두 잊어버린다. '창유리에 비친 사람들'은 모두 하나같이 멋지다. 나 대신 책임자가 되고 싶어하는 스텔라를 제외하고는.

"그건 내 생각이었어."

내가 스텔라에게 말한다. 그녀는 토라졌지만 아무도 신경 쓰지 않는다. 우리는 너무 재미있어 한다. 모두가 숨이 찰 때까지 미친 듯이 뛰어다닌다. 이따금씩 크게 웃지 않을 수 없다. 그럴 때면 소리를 낮추기 위해 입을 가려야 한다.

1시 30분에 우리는 집에 돌아가기로 결정한다. 그리고 이틀 후에 다시 만나기로 약속한다. 우리 자신에게 너무 많은 주의를 환기하고 싶지 않다. 나는 아주 조용히 문을 열고 살며시 집으로 들어간다.

내 방으로 향하는데 안쪽에 아빠가 계신다. 잠옷 바람으로 눈을 감고 화장실로 향한다.

"괜찮아?"

아빠가 어둠 속에서 중얼거린다. 심장이 멎을 뻔한다. 머리카락이 곤두서고, 무릎이 덜덜 떨린다. 나는 움직일 수가 없다.

"음, 예. 물 좀 마시러 가는 중이에요."

나는 졸린 목소리로 말한다.

아빠는 화장실 문을 닫으면서 말한다.

"다시 자렴."

나는 여전히 떨고 있는 채로 침대에 올라간다. 아빠는 내가 외출복을 차려입은 것을 전혀 눈치 채지 못했어! 얼마나 운이 좋았는가. 잘들 자요, '창유리에 비친 사람들'. 나는 채팅에 글을 쓰면서 혼자 웃는다. 그리고 깊이 잠든다.

2020년 3월 28일

WEEK 3

가장
그리웠던 것

공식 발표가 났다. 일터가 재개된다. 총리가 TV에서 발표했다. 비상상황은 끝나고, 곡선은 현저하게 평평해졌으며, 50세 이하의 사람들은 일터로 돌아간다. 젊은이들과 노인들은 집에 머물러야 한다. 노인들이 젊은이한테서 감염될 수 있기 때문인데, 젊은이들은 누구나 알듯이 꼭 필요한 상황이 되기 전까지는 일자리도, 독립된 주거지도 찾지 않을 것이다.

"그래, 당신은 어떻게 생각해?"

아내가 묻는다.

"잘 모르겠어."

야곱이 TV를 끄며 대답한다.

지난 수주 동안 그래 왔던 것처럼 집안은 조용하고, 애들은 잠이 들었으며, 모든 일이 순조롭게 돌아가고 있다. 삶은 안정되었고, 더는 어색하게 느껴지지 않는 이 생활이 이제는 정상이 됐다. 예전에는 아침에 일어나 정장을 입고 넥타이를 맨 채 서둘러 직장에 가고, 아직 잠이 덜 깬 상태에서 교통체증에 내던져지는 것이 정상이었듯이 말이다.

그는 운동복을 걸치고, 한 잔의 머그 커피를 든 채 부엌에서 컴퓨터 앞으로 느릿느릿 걷는다. 그리고 2016년 지진 당시에 금이 간 벽을 물끄러미 쳐다보며, 집안 소파에 앉아서 회의에 참여하는 일에 익숙해졌다. 그에게 사생활이란 더 이상 없다. 아내와 아이들은 언제나 목소리가 들릴 정도로 가까이에 있다. 그렇더라도 개의치 않는다. 그는 일찌감치 두 단계로 사고하는 방법을 터득했다. 하나는 주변 일을 살피고, 다른 하나는 본인 내면의 세계로 숨어드는 것이다. 그는 많은 시간을 생각하고 상상하며 아이디어를 내거나 옛 추억 또는 그날 그를 웃게 만드는 영상에 빠져 지낸다.

수주 간의 격리생활로 예전보다 조금 창백해진 것 빼곤 예전 모습 그대로인 아내는 대답을 기다리지 않는다. 할말만 하는 남편의 대답에 익숙해져 있다. 아내는 이내 부엌으로 가서 식기세척기에 그릇을 담는다.

야곱은 곰곰이 생각해본다. 어떤 기분이 드는가? 금이 간 벽을 물끄러미 바라본다. 난 저 금이 된 기분이야, 혼잣말을 한다. 더 크고 단단한 무언가의 일부, 겉보기엔 별문제 없어 보이지만 무너질 잠재력을 가지고 있는, 천정의 작은 금. 드러나지 않는 만물의 나약함을 상징하는 명백한 표시.

"학교가 다시 문을 열지 않아서 아쉽네."

아내가 말한다.

"흠."

그는 대답하며, 속으로 아이들이 학교에 가지 않는 게 차라리 낫다고 생각한다. 훨씬 착하고, 더 재미있고, 투정을 덜 부린다. 그는 자신의 학창시절을 회상하며 고개를 절레절레 흔든다. 강제로 몇 시간 동안 책상 앞에 앉아, 화장실에 가는 허락조차 당연하다는 듯이 손을 들어야 했다. 그런 생활을 그동안 수대에 걸쳐 아이들은 어떻게 견뎌온 것일까? 그렇게 이상한 행동들이 어떻게 일반적인 행동이 된 걸까? 야곱은 잠시 질문에 대해 생각한다. 그는 이미 답을 알고 있다. 그래야만 조용히 살 수 있다. 흐름에 따르면, 강물에 몸을 맡기듯 살면, 바위에 부딪힐 가능성이 훨씬 낮아진다.

야곱은 살면서 인생의 바위에 부딪혀본 적이 없다. 대단한 실력과 재주와 전문성으로 모두 피해갔다. 그가 만약 항해사였다면, 물 한 방울 맞지 않고 폭풍을 지날 수 있는 능력으로 유명해졌을 것이다. 기껏 해야 아주 조금만 축축해졌을 것이다. 그

앞의 바다는 언제나 잠잠하고, 그는 조심스럽게 항해하며, 꼭 떠나야 하는 일이 아니면 절대로 부두를 떠나지 않는다.

아내가 책을 들고 소파로 와서 야곱 옆에 몸을 웅크리며 앉는다. 아내를 반기기 위해 본능적으로 팔을 뻗으며 그는 여전히 사색에 잠겨 있다. 격리생활하는 지난 몇 주 동안 회사에 가지 않으면서 그는 예상치 못한 것들을 느끼게 됐다. 허전함, 향수, 후회, 말로 표현할 수 없는 감정들.

이제 일터가 재개된다. 어떻게 생각해야 할지 모르겠다. 목구멍에서 희열이 꿈틀댄다. 입까지 올라와 맛을 보는 일이 없도록 그는 억누르려 한다. 희열이라니, 이 상황에서 말도 안되는 얘기다. 그는 자신의 직업을 좋아했다. 하지만 이제 그 일은 그가 맡은 또 하나의 막중하고(거대하고) 의미 없는 책무로서, 그를 어른으로 변하게 한 것이란 기분이 든다. 그렇다고 과격한 변화를 시도하는 건 아무래도 불가능하다. 다른 일을 한다는 건 상상도 할 수 없다. 그의 상상력은 잠잠한 물에서만 발동된다.

그렇기에 자신이 느끼는 희열을 이해할 수가 없다. 귀찮아야 할 것만 같다. 상사에게 이메일을 보내, 몸이 좋지 않으니 안전을 위해 집에서 몇 주 더 일하겠다고 말해야 할 것 같다. 어차피 내일모레면 쉰 살이다. 나이를 어떻게 이렇게 빨리 먹었는지는 불가사의지만 말이다. 대학 동창들이랑 시간 낭비해가며 너무나 멀어 보이는 미래에 대한 모호한 계획을 세우던 게 바로 엊

그제 아니었나? 아니다, 엊그제가 아니라 20년 전이었다. 그의 심장은 그 사실을 받아들이기를 거부한다. 두뇌가 현실과 마주칠 때마다 충돌이 일어난다. 내 심장이 고장 났구나, 야곱은 생각한다. 그리고 희열이 여전히 꿈틀거림을 느낀다.

"이 방법이 최선이지."

그가 아내에게 말한다.

"더 이상 집에 있다가는 내가 제어가 안될 것 같아. 직접 사람들과 대면하고 일하는 게 훨씬 나아."

"당신이 사람들 표정을 잘 읽지."

아내는 미소를 지으며 말한다.

"그래도 난 운동복 차림의 당신이 좋아. 당신의 진짜 모습에 더 가까워."

야곱은 아내의 어깨를 사랑스럽게 잡는다. 내 심장이 고장 나고 있구나, 그는 생각한다. 그리고 도통 알 수 없는 이유로, 그가 느끼는 표면 아래 희열이 통제불가의 비명소리로 폭발하기 일보 직전이다.

대망의 그날이다. 집 근처 식료품점이 아닌 곳을 향해 나서는 기분이 어색하기 그지없다. 늘 그래왔듯이 차 문을 여는데, 온몸이 떨린다. 운전석에 앉고, 라디오를 켜고, 차를 빼서 그의 가족이 사는 신록이 우거진 교외의 깔끔한 마당과 하얀 울타리를 떠나, 40분 거리에 있는 도심을 향해 출발한다.

고속도로에 접어들자 페달을 밟는다. 수주 동안 주거지에서만 천천히 운전하다 보니, 이제 느리게 운전하는 건 지긋지긋하다. 제한속도를 넘겨 빠른 속도로 달리니 기분이 좋다. 이래서 희열을 느꼈구나 하고 그는 생각한다. 차 때문이로구나. 밟는 페달에 반응하는 힘 있고도 조용한 엔진. 긴 여행, 모험을 떠나는 그 기분.

대신에 그는 평상시 다니던 길로 직장에 간다. 바이러스 이전과 똑같이, 그는 직원 주차장에 차를 세운다. 회사 건물 안으로 들어가면서 희열은 공포로 바뀐다. 안내직원에게 미소로 인사하고 사무실로 향한다. 마주치는 다른 직원들과도 돌아온 것을 환영하며 때로는 포옹도 하는데, 그가 느끼는 공포는 점점 심해진다. 그는 누군가를 찾기라도 하듯이 눈을 여기저기 돌린다.

"자, 전투 기지로 드디어 돌아왔네."

상사가 말한다. 야곱은 과장되게 고개를 끄덕이며 상사가 좋아할 만한 말로 대답한다. 상사의 기분을 맞추는 일은 쉽다. 그한테 너무 가까이 가지만 않으면 말이다. 상사가 직원들을 통째로 삶아 먹는 스타일인데 반해 야곱은 삶아 먹히고 싶지 않은 스타일이다.

책상 앞에 앉는다. 언제 떠났었나 싶을 정도다. 코로나 바이러스가 존재한 적이 없었던 것처럼, 그는 금세 밀린 업무에 빠려든다. 약속 잡고, 진행 상황 확인하고, 견적 승인, 견적 거부, 그리고 다른 직원들과의 회의를 준비한다. 살아 있음을 느끼는 동시에 죽어 있는 기분이다. 매일 같은 일을 쳇바퀴 돌듯 반복하다 보면, 인생이 손가락 사이로 흘러 사라질 것만 같다. 여기서 허비하는 시간 가운데 단 1분도 그 어떤 돈으로도 보상받을 수 없을 것만 같다. 그가 느끼는 많은 것들은 그저 선체와 같이, 다른 모든 걸 수면 위에 뜨게 한다. 그를 수면 위에 있게 하고, 인간의 모습을 유지하게 한다.

11시가 되자 직원 휴게실로 커피를 마시러 간다. 아무도 없었으면 싶다. 그러면서도 전과 똑같은 방식으로, 불특정한 누군가를 찾는 모습으로 눈을 이리저리 돌린다. 11월인데다 너무 오랫동안 회사가 문을 닫았던 터라 냉기가 도는데도, 그는 땀이 난다.

"이봐요, 야곱!"

누군가가 칸막이 없는 구역에서 그를 부른다.

"저랑 인사 안하실 거예요?"

그는 비서들에게 손을 흔든다. 한 명 한 명의 눈을 마주치며 그들이 원하는 대로 인사를 나눈다. 야곱은 본인의 인기를 실감한다. 여자들은 추파를 던지고, 그는 농담을 터뜨린다. 원하기만 한다면 그들 모두와 잘 수도 있고, 아무하고도 자지 않을 수 있다. 괴상하다. 그를 흥분시키는 것도, 스트레스를 받게 하는 것도 여자다. 여자는 너무 어려운 존재다. 게이가 이해가 된다. 비록 남자들 간에 자유로운 성생활을 누린다는 사실 때문에 그들이 너무나도 밉지만. 여자들은 섹스만 원한다고 말하면서도, 항상 그 이상의 무언가를 갈망한다.

야곱은 직원 휴게실에 들어간다. 안에 들어가 보니, 바라던 바와 같이 아무도 없다. 다른 사람들은 11시 30분에 휴식시간을 갖는다. 그는 고요함 속에서 커피를 탄 다음 같이 먹을 달달한 무언가를 조심스럽게 찾는다. 커피 머그잔을 입술에 대려고 하는 순간, 그녀가 들어온다.

"돌아오신 걸 환영해요."

그녀는 미소를 지으며 말한다. 그를 본다. 쳐다본다. 정말 그를 바라본다. 그녀는 그 사람, 야곱을 다시 보게 되어 다행이라고 생각한다. 그리고 두 사람이 다른 곳이 아닌 휴게실에 함께 있어서 참 다행이라고 생각한다. 그녀는 그를 다시 보니 행복하다. 야곱이 정말 사람 표정 잘 읽는다는 말은 사실이다. 그도 인사를 건네고 잠시 가벼운 이야기를 나눈다. 그러는 동안에 그의 가장 깊은, 머릿속 가장 은밀한 곳에서 뚜렷한 메시지를 보내온다. 네가 그녀를 너무나 그리워했다, 마치 죽을 듯이. 이 사람, 이 여자가 네가 팬데믹 기간 동안 가장 그리워한 유일한 존재다.

야곱은 자신의 목구멍에서 꿈틀거리는 희열을 느낀다. 희열이 아이스크림 위에 살살 붓는 초콜릿처럼 그의 심장 속으로 스르르 내려가고 있다. 견디기 힘들 정도로 최고로 아름다운 기분이다. 그러나 그렇다고 말할 수는 없다. 기분을 꽉 붙잡고, 아무것도 하지 않으면서 시간이 지나가기를 기다린다. 그녀는 다른 사람들과 다르면서도 똑같다. 그녀는 여자고, 여자들은 사냥을 한다. 이혼을 마무리한 그녀는 이제 자유롭고 위험하다. 다시는 누군가와 정착하지 않을 거라고 하지만, 야곱의 생각은 다르다.

그녀도 커피를 한 잔 타고, 그는 자신의 커피를 마신다. 둘은 침묵 속에 앉아 있다. 허공은 말하지 않는 말들로 가득 메워지고, 둘은 그 말들을 피부로 느낀다. 또 하나의 경이로운 기분이다. 야곱은 더욱 살아 있는 기분이 든다. 하지만 그런 끝에 더욱 죽은 기분도 든다. 그는 그녀에게 아무 말도 하지 않을 것이다. 아무것도 하지 않을 것이다. 너무나도 그리웠던 그녀지만 이래야만 한다. 결정을 하고 나니 기분이 이상하다. 우습기까지 하다. 그의 생각을 그녀가 읽을 수 있다면 뭐라고 할지 상상해보니, 생각만 해도 우습다.

"당신이 너무 그리워서 죽을 것만 같았어요. 당신을 사랑하는 것 같은데, 할 수 있는 게 아무것도 없네요. 이대로 둬야만 해요. 때로는 온갖 악조건에도 불구하고 아무 이유 없이 사랑에 빠지기도 하니까요."

그가 지금 입을 연다면 이렇게 말할 것이다. 그는 아무 말도 하지 않는다.

그녀는 미소를 짓고 다 마셨다는 신호를 주며, 문으로 향한다. 아, 다행이다, 야곱은 생각한다. 두려움이 사라진다. 그녀는 문 앞에서 걸음을 멈추며, 고개를 돌려 그에게 말한다.

"지난 몇 달간 당신이 많이 그리웠어요."

그는 표정을 읽는 재주가 있어서, 그녀가 하지 않는 말까지 다 읽어낸다.

다른 직원들이 큰 소리로 수다를 떨며 우르르 직원 휴게실에 들어온다. 그녀는 창피해 하며, 다른 직원들에 섞여 자리를 뜰 기회를 잡는다. 야곱은 머그잔을 싱크대에 내려놓는다.

2020년 3월 29일

새로운 VIP

쿠-쿠카-루우우우, 빙, 방, 부!

'아, 저 구호 진짜 싫다.'

로렐은 생각했다.

"시청자 여러분, 안녕하세요! 집에서 텔레비전으로 혹은 온라인으로 시청하시는 여러분, 환영합니다. 10년 전인 2020년 팬데믹 이후 새로 생겨난, 또는 어쩔 수 없이 파생된, 흥미로운 유행을 모두 살펴보는 '바이러스, 그 이후의 삶' 세 번째 시간인데요."

카메라맨은 진실해 보이려고 애쓰는 로렐의 빛나는 미소에 먼저 카메라 초점을 맞췄다가, 쇼의 첫 번째 게스트에게 화면을 돌렸다.

"자, 오늘은 어떤 분이 함께 하셨을까요? 안녕하세요, 환영합니다! 실명으로 불러 드릴까요, 아니면, 에헴, 별명으로 불러드릴까요?"

"그냥 '미스터 로바로바'라고 불러주세요, 로렐."

대답한 게스트는 무대 위에서 세 계단을 내려와 로렐이 앉아 있는 소파로 자리를 옮겼다.

'게스트가 저렇게 친한 척하는 거 딱 질색이야.'

"자, 미스터 로바로바. 하고 계신 스타트업에 대해 알려주세요. 그렇게 부르는 게 맞을까요?"

"아, 저는 독창적인 사업이라고 하고 싶네요, 로렐. 사랑의 기술이 전문이죠."

방청석에는 폭소가 터졌다.

"사랑의 기술이라. 서비스를 이용하는 고객들은 과연 어떻게 생각하는지 먼저 물어야 할 것 같은데요?"

로렐은 프로그램의 재미를 위해, 지나치게 친한 척하는 이 허풍선이에게 미끼를 놓으려고 쏘아붙였다.

"저에 대한 평가를 한 번 보세요. 100% 공인된, 보장 가능한, 별 다섯 개짜리 사랑."

게스트는 대답했다.

"어떻게 시작하게 됐는지 알려주세요, 미스터 노바노바."

로렐은 카메라를 바라보며 말했다.

"집에서 시청 중인 여성분들 중 잘 모르시는 분들을 위해 설명해주세요."

"그게 바이러스 때 제가 일도 못하고 집에만 갇혀 있었어요. 속수무책으로 격리 중이었죠."

게스트는 대답을 하며 소파 뒤로 몸을 기대어 한쪽 발을 들어서 다른 쪽 무릎 위에 올렸다.

"하던 사업은 망해버렸는데, 마흔에 다시 시작하기란 쉽지 않죠. 다시 돈벌이를 할 수 있을지 알 수 없는 상황이었고, 솔직히 처음 몇 달은 절망적이었어요."

"정말 안됐었네요."

로렐이 말했다.

"비슷한 상황을 수천 명이 함께 겪었을 거예요."

"그래요. 그런데 전 꽤 긍정적인 사람이다 보니 스스로 안됐다고 생각하진 않았어요."

가슴을 잔뜩 부풀어 올리며 게스트가 대답했다.

"하루는 TV에서 당시 상황을 숫자로 설명하는데, 전에도 그러는 걸 보긴 했지만, 그날은 집중해서 들었더니 저도 다시 시작할 수 있겠다 싶더라고요."

"그때 보셨던 그래프를 지금 집에서 시청하는 분들에게 보여줄까요?"

로렐은 질문의 답을 알면서도 물었다. 고개를 끄덕이자 그래프가 그녀 뒤의 화면에 나타났다.

"지금 보고 있는 게 뭔지 시청자들을 위해 설명해주시겠어요?"

"그러니까 그날 TV에서 코로나19 사망자의 70%는 남성이고, 30%가 여성이라고 하더라고요. 다시 말해 바이러스가 여자보다 남자를 더 많이 죽이고 있다는 얘기였죠. 저는 그걸 보고 이게 뜻하는 건 딱 한 가지구나 했죠."

게스트는 그 순간 로렐에게 윙크를 했다. 로렐은 대체 자신이 이런 멍청한 쇼를 진행하는데 왜 동의했는지 후회스러웠다.

"부연설명 부탁드릴게요, 미스터 로바로바!"

"쉽죠. 섹스할 남자가 부족한 거예요. 아, 단어 선택 죄송! 스스로 해결하는 레즈비언과 여자한테 관심이 없는 소수의 남자들을 제외하고 나면 그렇잖아요."

게스트가 설명했다.

"그 시대의 온라인 채팅이 아주 가관이었어요, 로렐!"

게스트는 고개를 뒤로 젖히더니 큰 소리로 웃어댔다. 로렐은 눈살을 찌푸린 채 그가 계속 설명하기를 기다렸다.

"남자들이 사라지고 있었어요."

그가 말을 이어갔다.

"그러니까 이젠 남자 하나에 여자 열, 바로 그거다 싶었어요. 내 인생을 바꿔놓을 번뜩이는 아이디어가 떠올랐어요. 몇 주 동안 헬스장에서 열심히 운동을 했지요. 화보 사진 몇 장 찍고 홈

페이지를 만든 다음 여러 장의 사진을 소셜 미디어에 올렸어요. 그 다음, 미스터 로바로바가 본격적으로 일을 시작했죠!"

"성매매 말인가요?"

로렐이 물었다.

"외람된 말씀입니다만, 그게 새로운 아이디어라고 할 수 있나요? 지난 수백 년 동안 제비족이라든지 매춘부들이 있었는데요?"

"그랬죠. 하지만 수요와 공급 비율이 달라진 거죠."

게스트가 대답했다.

"저, 6월까지 매진이에요. 요즘 여자들은 예전보다 훨씬 느긋하다고나 할까. 한때 금기시됐던 게 이젠 집에서 배달 서비스 이용하듯 쉽게 할 수 있게 됐어요. 배고프면? 조리된 음식을 배달받고. 읽고 싶은 책이 있으면? 당일 배송으로 받고. 섹스가 필요하면? 제가 바로 달려갑니다! 더 이상 힘들게 남자 찾을 필요가 없어요. 소파에서 일어나 여자 집으로 가는 것조차 귀찮아하는 남자를 위해 고군분투할 필요 없어요. 아쉬운 게 여자거든요. 여자가 너무 하고 싶으면, 어쩔 수 없이 남자의 집으로 가겠죠. 요즘 남자들은 알 거든요. 그런데 제 서비스를 이용하면, 이용 후기도 남길 수 있어요. 여느 서비스를 이용할 때와 마찬가지로요. 행위도 평가하고, 서비스 제공자에 대한 평가도 할 수 있어요. 코멘트 몇 개 읽어드릴까요?"

로렐은 웃었다. '멍청한 놈.'

"별로 좋은 생각은 아닌 거 같지만, 더 알고 싶어지긴 하네요. 저녁 시간대에 방송 가능한 내용으로 부탁해요."

게스트는 전화기를 잽싸게 꺼내 화면을 아래로 몇 번 쓱 내리더니 읽기 시작했다.

"이거 한번 들어보세요. '행위 점수 5점 만점에 5점. 다른 남자들에게도 미스터 로바로바가 전희에 대해 교육할 수 있겠다. 수업을 아예 개설해도 좋을 듯. 그의 도구도 5점. 조율이 잘됨. 강추.'"

로렐은 헛기침을 했고, 방청객은 웃었다.

"조율이 잘됨? 처음 듣는 비유네요. 해당 도구 사진을 TV 생방송에서 내보내는 일은 없을 거라고 말씀드릴 수 있을 거 같고요. 시청자 여러분의 상상에 맡기겠습니다."

"로렐, 눈 딱 감고 마음만 먹으면 당신도 할 수 있어요."

게스트가 들이대자 방청객은 다시 킥킥거렸다.

"집구석에 앉아서 잃어버린 것들을 곱씹어봤자 뭐해요. 미래를 생각하세요."

"피임 잘하고 계셔야겠네요, 미스터 로바로바. 아니면 정말 많은 자녀가 생길 수 있겠어요!"

로렐의 말에 방청객은 더 크게 웃었다.

"아, 그것도 별도의 서비스 품목에 해당돼요!"

게스트는 즐거워하며 대답했다.

"정자를 제공받는 여성은 전체금액의 50%를 선지불하고, 출산시에 잔금을 내면 됩니다. 모두 문서화하고 계약서도 작성하죠. 쾌락도, 임신도 다 할부결제 가능. 너무 쉽죠."

"두루두루 다 다루는군요!"

로렐은 이렇게 말하면서도 속으로는 '생각만 해도 토할 것 같다'고 생각했다.

"여성 시청자 여러분, 미스터 로바로바의 홈페이지에 한번 가보시죠. 지금 여러분의 스크린에 있습니다. 눈 딱 감고 해보시겠어요? 자, 미스터 로바로바. 일어나서 집에서 시청하시는 분들에게 물건 한번 보여주시죠."

로렐의 비꼬는 말투를 알아차리지 못한 건지, 그는 곧바로 일어나서 셔츠를 벗기 시작했다.

"바이러스 이전의 세상에서는 정말 평범한 남자였을 텐데요. 이제 평범이 비범함으로 인정받는 시대가 됐네요. 여러분, 오늘 시간 내주신 사랑의 달인에게 큰 박수 부탁드립니다. 나와 주셔서 감사합니다. 자, 다음 게스트를 모셔볼 건데요. 두루마리 화장지를 조금만 사용하고도 최대한의 효과로 밑을 닦을 수 있는 영상을 만들어 화제가 된 인플루언서입니다. 라이브 시범도 준비됐다고 하는데요. 신사 숙녀 여러분! 큰 박수로 맞아주시죠!!!"

로렐은 상의를 탈의한 미스터 로바로바가 무대에서 내려가는

모습과 허름한 옷차림으로 두루마리 화장지가 가득한 바구니
를 들고 무대로 올라오는 여성을 바라보며 생각했다.

"멍청이들 투성이군."

멍청이들, 그러나 세상의 새로운 VIP들.

2020년 3월 30일

줄

"신고가 또 들어왔네."

경위가 말했다.

"가봐야겠다."

"제가 가겠습니다."

맥스가 경찰복 외투를 걸치며 대답했다.

"볼페 순경과 함께 가겠습니다."

아직 서른이 안된 맥스는 키가 크고 예쁘장한 얼굴로, 팬데믹 이전에는 소위 좀 노는 청년이었다. 이제는 안전규칙을 지키고 남들에게 모범이 되는 걸 선호하게 됐다. 그는 볼페를 불러 순찰차가 있는 곳으로 향했다. 그리고 경위가 준 주소지로 출동했다.

이런 신고 전화는 매일 걸려왔다. 불법 집회나 특별한 이유 없이 집을 나서는 사람들을 보고 놀란 이들의 신고. 전날에도 맥스는 남자아이 두 명에게 2백 유로의 벌금을 물렸는데, 집에서 너무 먼 곳까지 반려견 산책을 나가서였다.

그날 아침에도 맥스는 바위에 앉아 낚시하는 남자를 발견했다. 남자가 벌금을 내지 않기 위해서는 식료품을 구입할 돈이 없어 식량으로 쓸 물고기를 잡고 있다는 증거를 대야 했다. 어찌 됐건 그 남성에게 천 유로의 벌금을 부과할 수밖에 없었다. 그가 집에서 너무 멀리 떨어진 곳에 있었기 때문이다.

법은 맥스에게 팬데믹의 불안감에 견줄 일종의 안심을 심어주었다. 그의 아버지는 코로나 직전에 돌아가셨다. 세계에 흩어져 살고 있는 그의 가족 가운데 이제 맥스가 마지막이었다. 고모와 삼촌들은 모두 돌아가셨고, 사촌들과는 연락이 끊긴 지 오래였다. 그 결과 맥스는 팬데믹을 홀로 직면해야 했다. 그는 경찰이 되기를 참 잘했다고 생각했다. 직업 덕분에 외출할 수 있었고, 최전선에 서 있을 수 있었다. 그러면서도 바이러스와 돌아가신 아버지에 대한 생각을 덜 할 수 있었다.

목적지에 도착했다. 식료품 매장 밖에 길게 줄을 선 사람들은 식료품을 사기 위해 침착하게 대기 중이었다. 벌써 한 달 가까이 이런 모습이 일상이 되었다. 맥스와 볼페는 매장을 지나 길가에 차를 세웠다. 순찰차에서 내린 그들은 건너편 모퉁이에 서서 무슨 일인지 지켜보았다.

"규칙 위반하는 거 안 보이는데?"

이렇게 말하면서도 볼페의 시선은 금세 한 여성을 향했다. 안전거리를 유지하고 있는 여성은 마스크를 쓴 채 몸매가 훤히 드러나는 레깅스 차림을 하고 있었다.

"잠깐. 노인 남성에 대한 신고였는데."

맥스는 곰곰이 생각하며 대답했다. 모든 위반 사항은 더 많은 감염으로 이어질 수 있다. 그러면 수개월 더 격리생활을 해야 할 것이고, 병원은 환자로 넘쳐날 것이다. 정상화는 더 먼 미래의 일이 될 수 있다.

맥스는 남성을 찾아냈다. 노인은 다른 사람들과 함께 줄에 서 있었다. 마스크로 입은 가렸지만, 불과 1m 30cm 정도 뒤에 서 있는 여성과 이야기를 나누고 있었다. 그는 늦봄에 입기엔 너무 더워 보이는 연갈색 코트 차림이었는데, 눈가의 표정을 보아하니 웃고 있었다. 한쪽 팔에는 천으로 만든 쇼핑백을 걸치고 있었다.

"뭐야, 식료품 매장 밖 줄에 서 있잖아, 다른 사람들이랑 똑같이."

볼페가 말했다.

"사람들이 피해망상에 빠졌나. 별것도 아닌 걸로 신고하고 말야. 잘못한 게 기껏해야 몸을 숙여서 신발끈 묶는 정도였을 거 같은데?"

"몇 분만 더 기다리자고."

맥스가 말했다. 노인은 매장 입구까지 왔고, 이제 그의 차례였다. 매장 직원이 고개를 끄덕여 들어가도 된다고 하자, 노인은 뒤에 있던 여성에게 몸을 돌려 자기보다 먼저 들어가라고 손짓을 했다. 여성은 입술로 '정말로요?' 하고 물어보는 것 같았다. 노인은 친절한 손동작과 함께 고개를 끄덕였다. 여성은 앞으로 걸어 갔다.

노인은 이제 자신의 뒤에 있는 다른 여성과 수다를 떨기 시작했다. 여성은 안전거리를 유지하며 대답했다.

"구식 신사네."

볼페가 말했다.

"나라면 저렇게 못했을 거야. 상대가 클로이 모레츠라도."

"그러니까 네가 연애를 못하지, 볼페."

맥스가 말했다. 그의 마음은 다른 곳을 향하고 있었다.

"클로이 모레츠는 고사하고 말이야."

볼페는 웃었다. 노인이 움직였다. 허리를 숙여 신발끈을 묶었고, 허리를 펴자 다시 그가 움직일 차례였다. 조금 전과 같이, 노인은 뒤에 서 있는 여성에게 순서를 양보했다.

"정말로요?"

"그럼요. 먼저 들어가세요."

"흠!"

맥스가 운을 띄웠다.

"뭔가 수상한데?"

"설마, 너 저 노인네가 범행 상대를 찾아다닌다는 뜻이야?"

볼페가 투덜댔다.

"백 살은 돼 보이는데!"

맥스는 대답이 없었다. 무게중심을 다른 쪽 다리에 실으며 벽에 기대어 노인을 유심히 살펴봤다. 맥스의 아버지뻘이었다. 풍채도 비슷하고, 고개 숙인 모습도 비슷하고. 4월에 입는 두꺼운 외투까지 꼭 닮아 있었다. 아버지가 살아계실 때, 맥스는 수도 없이 잔소리를 했더랬다.

"아버지, 이 날씨에 그 코트를 입으시면 녹아버리겠어요!"

그러곤 아버지가 봄여름 옷을 꺼낼 수밖에 없게 했다. 그런데 돌아가시기 전 몇 달 동안 아버지는 계속 춥다고 하셨다. 봄에 겨울옷을 입어도 따뜻하지가 않다고 하셨다.

"주님이 날 부르시는 거다."

돌아가시기 며칠 전 아버지가 그러셨다.

노인은 주변을 둘러보더니, 손목시계를 한번 보고는 '늦었네' 하는 표정으로 긴 줄에서 한발 물러 나왔다. 맥스는 인상을 찌푸렸다.

"무슨 꿍꿍이지? 아무것도 사지 않고 그냥 가는 거야?"

그런 것 같았다. 노인은 가게에서 나와 보도를 걸어갔다. 한 손에는 천 재질의 쇼핑백을 들고.

"따라가자."

맥스가 말했다.

"그냥 경찰서로 돌아가면 안될까?"

볼페는 투덜댔다.

"오줌 누고 집에 가려나 보지."

"그럴지도 모르지."

맥스는 말하면서 노인의 뒤를 따라갔다.

"훌륭한 경찰은 증거로 사건을 풀지, 추측이 아니라."

살이 좀 찐 볼페는 마지못해 따라갔다. 줄을 선 사람들은 경찰이 다가가자 긴장한 모습이었다. 마치 뭔가 숨기는 게 있는 것 처럼, 아니면 규제를 제대로 지키지 못해 제 발이 저린 것마냥. 비쩍 마른 한 나이든 여성이 말했다.

"저 할아버지 매일 저래요."

또 다른 누군가가 쏘아대듯이 말했다.

"남의 일에 무슨 상관이에요? 피해 주는 것도 아닌데."

맥스는 이들의 말을 잘 알아듣지 못하고 노인을 쫓아 모퉁이를 돌았다. 매장 앞의 줄이 얼마나 긴지, 블록을 에워싸고 다른 쪽 길까지 늘어서 있었다. 많은 사람들이 줄을 서고 있었다. 노인은 그들을 모두 지나쳤다. 이따금 인사를 하는 이도 있었다.

노인은 목례로 화답했다. 천천히, 노인은 줄의 맨 끝까지 갔다.

"여기가 줄의 끝인가요?"

노인이 남성에게 묻는 모습을 맥스는 지켜봤다. 남성은 그렇다고 했다. 그러자 노인은 마치 줄에 처음 서는 사람처럼 그 남성 뒤에 가서 섰다. 그리고 그와 대화를 나누기 시작했다.

"얼마나 오래 걸릴 것 같소?"

노인이 물었다.

"이 시간엔 아무래도 빨라야 한 시간은 잡아야 할걸요. 더 늦게 오면 빵이 다 떨어져 있을 거라고 아내가 서두르래요."

"아, 그렇지요, 빵."

노인은 대답했다.

"빵이 없으면 아이들이 지내기 힘들지."

"아니요. 저희 아이들은 다 컸어요, 다행히."

남성이 대답했다.

"아, 그래요? 그럼 자녀가 무슨 일을 하나요? 가까이에 사나요?"

노인은 물었다.

"지금 노인이 뭘 하는지 봤어?"

볼페가 옆에 서 있는 맥스에게 말했다.

"다시 줄을 서네! 대체 왜? 미치지 않고서야."

맥스는 한숨을 쉬었다.

"외로우신가 보다."

볼페가 인상을 쓰며 말했다.

"체포할까? 벌금 내라고 해?"

"내 아이들은 출가한 지 여러 해 됐지. 한 명은 북쪽에서 살고, 또 한 명은 독일에 있는데, 못 본 지 한참 됐네요."

노인이 말했다.

"아내는 몇 년 전에 먼저 하늘나라로 갔고."

맥스는 이들에게 가까이 다가갔다.

"안녕하십니까, 어르신."

노인은 마스크 너머로 미소를 지으며 반갑게 대답했다.

"순경 양반, 안녕하세요. 오늘 하루는 어떻게 지내고 있나요?"

"잘 지내고 있습니다."

맥스가 대답했다.

"저희와 잠시. 이쪽으로 오시겠어요?"

"내가 뭘 잘못했나요?"

노인은 갑자기 놀란 기색을 하며 물었다.

"나는 그냥 줄 서서 식료품 좀 사려고 하는 건데. 이것 봐요. 장바구니도 있잖아요."

"아니요, 걱정하실 것 없습니다."

맥스가 대답하며, 고개를 끄덕여 줄에서 나와 달라는 신호를 보냈다. 노인은 지시를 순순히 따랐고, 맥스와 함께 순찰차로 향했다. 볼페도.

"집까지 모셔다 드리겠습니다."

맥스가 말했다.

"여기 계시기엔 너무 위험해서요."

노인은 발걸음을 멈췄다. 맥스를 바라보는 노인의 눈에는 눈물이 고이기 시작했다.

"순경, 나 집에서 혼자 죽게 될 거요. 그러니까, 내 말은, 내 나이가 아흔넷이오."

맥스는 머뭇거렸다. 경찰로서 그러면 안되는 줄 알면서도 맥스는 노인의 어깨에 살포시 손을 얹었다. 그리고 자신도 모르게 마치 기다렸다는 듯이 포옹으로 이어졌다.

"어르신, 무슨 말씀인지 압니다. 정말로요."

그들은 다시 가던 길을 나섰다. 노인은 평화로운 모습이었다.

"어르신, 제가 매일 댁으로 찾아뵙는 건 어때요? 안전거리 유지하면서 저에게 어르신의 인생 얘기를 들려주세요. 더 이상 밖에 안 나가셔도 되게 해드릴게요. 바이러스가 연세드신 분들에게 특히 고약해서요."

"아."

노인의 목소리에 힘이 들어갔다.

"나 전쟁에서도 살아남은 사람이야. 이딴 작은 바이러스 하나가 날 죽일 거라고 생각진 않네. 내가 아주 어릴 때, 수류탄을 주워 든 적이 있어. 그게 뭔지도 몰랐지. 쓰레기인 줄 알고 가지고 놀려고 했어. 그때 지나가던 독일군이 날 보더니 미친 사람처럼 비명을 지르면서 가까스로 내 손에서 그걸 놓아버리게 했지. 아직도 그 표정을 잊을 수가 없네. 원하면 그 시절 사진을 보여줄까? 아마 그런 건 본 적이 없을걸. 굶주리던 시절이었네. 먹을 게 아예 없었어, 줄을 서든 아니든. 순경 양반, 조금만 천천히 달려주겠나? 나 차멀미하거든. 그리고 고맙네, 집까지 태워줘서."

2020년 3월 31일

옛날 이름

"저리 가, 지저분한 바이러스야! 우리 모두 감염되겠어! 꺼져!"

아이들은 패거리를 이뤄 그를 쫓았고, 그는 그들이 시키는 대로 전속력을 다해 뛰었다. 혹여나 그들에게 붙잡혀 얻어맞을까 봐. 그는 뛰는 게 익숙한 아이였다. 학교에서도 육상반이었고, 은메달과 동메달을 몇 개나 받았다. 그래서 누구도 그를 붙잡을 순 없었다. 그는 자신의 레이바이크(스쿠터)를 탔다. 바로 시동이 걸리질 않았다. 태양 에너지로 충전하는 바보 같은 쓰레기 덩어리, 매번 고장이다. 그래도 가까스로 도망칠 수 있었다. 그에게 닿은 건 날아온 돌멩이 하나뿐, 하나도 아프지 않았다.

"엿 먹어라!"

그는 뒤쫓아오는 애들을 향해 울면서 소리쳤다. 다행히 패거리 아이들 중에 레이바이크나 플라이보드나 레이저블레이드를 가진 사람은 없었다. 있었다면 진작 붙잡혀 얻어맞았을 것이다. 살고 있는 아파트에 도착하자마자 그는 스쿠터에서 뛰어내려 스쿠터를 겨드랑이 사이에 끼어 들었다. 그리고 아직도 쫓기는 사람처럼 서둘러 두 계단씩 걸어 올라갔다.

그냥 화가 났다. 젠장, 매번 이랬다. 시험 준비를 위해 만든 스터디 그룹에서도, 그가 참여해야 하는 미술반이나 육상반 같은 청소년 모임에서도 마찬가지였다. 예외 없이 매번. 그는 서로 거리를 유지해야 하는 모임이 정말 싫었다. 군중 속에 있어도 사방이 노출되었다. 옆 사람과 서로 잘 보이되 만질 순 없는 황금비율의 거리. 애들은 그를 보자마자 기분 나빠했다. 그리고 어른이 없는 틈을 타, 쌓인 분노를 그에게 터뜨렸다. 별의별 시비를 다 걸었다.

연애하고 싶은 애들끼리도 마찬가지였다. 어른들이 사라지면 그 중요한 황금비율은 온데간데없이 사라졌다. 쌍쌍이 붙어 있기 바빴다.

"더 이상 못 참아!"

그는 집에 도착하자 소리 질렀다. 그러는 바람에 교육용 칩 케이스가 바닥에 떨어졌다.

"나 완전 더 이상 못 참겠어!"

아빠가 부엌에서 서둘러 나왔다.

"무슨 일이니? 동생 깨겠다."

"상관없어요! 바보 같은 소리탐지기를 끄면 되잖아요! 코흘리개 때문에 집에서 살금살금 지내야 하는 거 지긋지긋하단 말이에요!"

그는 소리를 높였다.

"그래, 안 좋은 하루를 보냈구나."

아빠는 한숨을 푹 쉬었다.

"3번방 소리탐지기 꺼주세요."

여성의 목소리가 천정에서 들렸다.

"3번방 소리탐지기 전원을 껐습니다. 잘 자요, 코로나."

"엄마랑 다빠 귀가하실 때까지 안 기다릴 거니?"

아빠가 물었다.

귀찮게 대답할 필요도 없었다. 혀끝에 '아니오'라는 말이 맴돌고 있었는데, 바로 그 순간 그의 또 다른 부모 둘이 퇴근해서 귀가했다.

"어머 이게 누구야, 우리가 가장 좋아하는 인간이잖아!"

다빠는 늘 그렇듯 야단스럽게 말을 하더니, 엄마와 함께 곧바로 화장실에 가서 손을 씻었다. 이내 거실에 나타난 둘은 소파에 철퍼덕 앉았다. 앉는 폼이 대단히 피곤해 보였다.

옛날 이름

"무슨 일 있니?"

엄마가 그를 빤히 쳐다보며 말한다.

"할아버지2와 할머니2는 옛날에 돌아가셨잖아요!"

갑작스러운 그의 말에 다빠의 얼굴에 고통이 스쳤다. 몇 년 전 그 일을 받아들이지 못한 유일한 사람이었다.

"왜 또 그 얘기를 꺼내니? 나 그 얘기 들으면 속상한 거 알잖아."

"저 더 이상 할아버지2의 이름 안 쓰고 싶어요."

그가 대답했다.

"코비드라고 불리는 거 지긋지긋해요. 바보 같은 이름이에요. 애들은 나를 두려워하거나 가까이 접근할 수 있는 순간을 노려서 공격한단 말이에요!"

"그게 얼마나 역사적인 이름인데!"

할아버지2의 아들인 아빠가 말했다.

"질병이잖아요!"

코비드는 외쳤다.

"여동생 이름도 질병 이름을 따서 지으셨고! 정말 불공평해요!"

"그게 할아버지2와 할머니2의 이름이잖니."

아빠가 말했다.

"그분들은 다 돌아가셨고, 저는 이 이름을 더 이상 쓰고 싶지가 않아요. 할아버지2는 이제 안 계시니까 기분 나빠하실 일도 없고요."

코비드는 반항적으로 팔을 꼬며 말했다.

"허락하지 않으시면 제 마음대로 하겠어요. 내년이면 12살이니까 그땐 막으려고 해도 어쩔 수 없을 거예요, 제 스스로 결정할 수 있는 나이가 되니까."

다빠는 눈을 굴렸다.

"그럼 한번 들어보자. 어떤 이름으로 바꾸고 싶니?"

코비드는 잠시 멈췄다. 거기까진 생각을 못해봤다. 그냥 코비드라는 이름을 쓰기 싫을 뿐이었다. 동생도 코로나라는 이름을 좋아할 리 없었다.

"우리가 너희에게 할아버지2와 할머니2의 이름을 붙여줬을 땐, 코비드19가 완전히 뿌리 뽑힌 줄 알았단다."

엄마와 다빠 옆에 앉은 아빠가 설명했다. 생각할 것도 없이 세어른은 서로 어깨동무를 했다.

"너에게 행운을 가져올 이름이라고 생각했어."

"그 얘기 이젠 외울 지경이에요."

코비드는 한숨을 쉬었고, 여전히 짜증이 났다.

"그런데 이젠 코비드24까지 갔고, 코로나 바이러스는 전혀 뿌리 뽑히지 않았다고요. 무료교육 센터에 다니는 아이들도 하루에 손을 60번씩 씻는 교육을 받다 보니 그 정도는 다 알아요. 너무해요, 다 멈추면 좋겠어요!"

엄마는 한숨을 크게 쉬며 말했다.

"이리 와보렴."

"싫어요!"

"어서 하세요."

다빠의 말에, 아빠도 팔을 내밀었다. 여러 개의 팔로 안아줄 준비가 된 머리 셋 달린 문어 같았다. 코비드는 한숨을 쉬며 그들의 품에 안겼다.

"껴안는다고 모든 게 해결되는 게 아니에요, 아시죠?"

그렇게 말하면서도 그는 어른들이 더 꽉 안을 수 있게 가만히 있었다.

"이러다 걸리면 벌금도 물 수 있지."

다빠가 웃으며 말했다.

"이 집에선 접촉이 좀 과하지. 사랑스러운 가족이다 보니."

"알았다."

엄마가 운을 띄우며 코비드의 무릎을 기분 좋게 토닥였다.

"네 이름 바꾸지 뭐. 뭐로 할까? 남성이름으로 할까, 여성이름으로 할까?"

"몰라요, 말했잖아요."

코비드가 대답했다. 그는 세 부모의 무릎에 모두걸터 누웠다.

"난 마돈나가 그렇게 좋더라."

아빠가 말했다.

"느낌이 좋아. 종교적인 이름처럼 들리기도 하고, 빈티지 이름 같기도 해."

"또 옛날식 이름이네."

코비드가 얼굴을 찡그렸다.

"옛날 이름들이 얼마나 좋은데."

엄마가 말했다.

"나도 그렇게 생각해."

메아리치듯 다빠가 말했다.

"요즘 멋있다고 하는 이름들 다 싫더라. 그 가상 배우 이름이 뭐더라?"

"누구? 테바씨오 야네쓰?"

아빠가 물었다.

"아니, 말고. 다른 사람 있잖아. 족제비같이 생긴. 기억 나?"

다빠가 말했다.

"환경 범죄 드라마에 나왔고."

"아, 누구 말하는지 알겠다."

아빠가 손가락으로 딱 소리를 내며 말했다. 그리고 눈을 지그시 감은 채 이름을 상기하려고 했다.

"이스멜도 뭐였더라."

"이스멜도!" 다빠가 박수를 치며 외쳤다.

"넌 코비드야. 이스멜도나 테바씨오로 불리는 건 좀 그렇잖아.

요즘 가상 연예인들 누구의 이름보다, 솔직히, 바이러스에서 따온 이름이 훨씬 나은 거 같은데?"

코비드는 대답하지 않았다. 그 역시 언급된 이름들을 좋아하진 않았다. 그렇다고 자신을 위한 더 나은 이름도 떠오르지 않았다. 갑자기 벌떡 일어나더니, 그는 칩 케이스를 들었다. 찾는 칩을 발견하자 바닥에 던졌다. 허공에 홀로그램 이미지들이 투영됐다. 손으로 쓱 넘기다가 찾는 걸 발견했다. 멸종된 것들이었다. 열어보니 다양한 물건들이 공중에 이미지로 나타났다. 마치 손으로 휙휙 넘길 수 있는 별자리 같았다.

세 부모는 어리둥절하며 바라봤다.

"뭐 하는 거니?"

다빠가 물었다.

"멸종된 것들의 이름이 좋아요."

코비드가 대답했다.

"중요하게 들리거든요. 여기, 이거 좋아요. 콘서트, 제 이름 콘서트로 할래요."

"콘서트!"

아빠가 대답했다.

"나쁘지 않네."

"아님 이거요."

코비드는 다른 것도 찾았다.

"비디오카세트."

"좀 길지 않니?"

엄마가 말했다.

"사람들이 그냥 줄여서 비디오라고 부를 거 같은데."

"버스는 어때요?"

코비드가 물었다.

"버스, 완전 멋지지 않아요?"

"흠, 듣기에도 좋네."

다빠가 대답했다.

"그래, 난 좋다. 버스! 내가 가장 좋아하는 인간! 그런데 버스가 뭐였더라?"

엄마가 일어났다.

"저녁 먹고, 일찍 자는 게 좋겠어. 내일 다시 얘기하자. 그럼 생각할 시간도 생기고, 코비드."

부엌에서 전자 셰프의 말이 들려오자 세 어른은 일어났다.

"조리 시간 종료되었습니다. 맛있게 식사하세요!"

식사하기 위해 모두 식탁에 둘러앉았다. 코비드의 얼굴엔 다시 미소가 번졌다.

"색깔 이름은 어떠니, 사랑스러운 노랑아?"

다빠는 점점 신나서 말했다.

"아니면 멸종된 꽃이름! 양귀비 어때? 아름다운 이름이야, 그렇지? 옛날엔 로즈나 마가렛 같은 꽃이름을 쓰기도 했단다."

코비드는 고개를 끄덕이며 밥을 먹기 시작했다. 이제 기분이 풀렸다. 새로운 이름을 고를 생각에 흐뭇했다. 더 이상 치명적인 질병의 이름을 갖고 살지 않아도 됐다.

'할아버지2, 죄송해요.'

그는 속으로 생각했다.

'할아버지 이름에서 딴 코브나 비드로 줄일 수도 있겠지요. 하지만 도시 광장, 풍향계, 전화기 같은 이름으로 제 이름을 바꿀 있다고 생각하니 너무 신나요! 뭐 지금 당장 결정해야 되는 건 아니니, 내일 정하죠 뭐.'

2020년 4월 1일

고위험

아파트 입구에서 마지막 담배를 피우며 연기를 뿜어 보내는
동안에도 누나의 말이 귀에 쟁쟁했다.

"너 고위험군에 속해."

"나 아직 고위험에 속하려면 이십 년이나 남았어."

"나이와는 아무 상관없어. 열다섯 살 때부터 담배를 피워서
그래. 폐 나이는 개 나이랑 비슷하다. 인간이 일 년 나이 먹는 동
안, 칠 년 늙지."

"참 잘됐군."

"헬스클럽 동료들도 위험하기는 마찬가지야. 참 우습지? 생명
연장하려고 해마다 열심히 운동하는데, 바보 같은 바이러스 하

나가 나타나서 그동안 폐에 해로웠던 것만 꽉 붙잡네. 생각해보
면 참 웃겨."

"웃기지 않거든."

"그래. 의사들끼리만 통하는 우스갯소리라서 우리만 웃기는
가 보다. 중요한 건, 네가 조심해야 한다 이 말이야. 뉴욕이 미국
에서 가장 타격이 큰 도시 중 하나니까."

"운이 지지리도 없네."

"그러게 말이다. 힘러(유대인 학살의 책임자인 게쉬타포 장관)와
전생에 인연이 있었나봐. 힘러 와이프였을지도 모르지."

"왜 하필 와이프였을 거라고 생각해, 힘러 본인이 아니라?"

"그 사람처럼 명령을 내릴 성격으로 보이지 않아서. 너라면,
대량학살에서 보조 역할 정도 했을 거 같아."

"내 생각에 누나는 누나라기보다, 잘못 건 전화 속의 낯선 사
람 같아."

"마누엘, 제발 건강 신경 좀 써라. 집콕 하고. 섹스를 위한 만
남 같은 거 갖지 말고. 친구들과 어울려 외박하지 말고. 그냥 아
무것도 하지 마. 행동에 자유가 있다고 착각도 하지 말고. 알아
듣겠니?"

"예스."

누나는 그제야 전화를 끊었다. 그녀는 할말은 하는 성격이었
다. 누나는 이탈리아에서 코로나 바이러스와 싸우는 최전선에

있었고, 식구들 그리고 오래된 친구들과 함께 살았다. 마누엘은 세계적 대유행이 도는 시점에 뉴욕에 있어서, 꼼짝도 못하고 있었다. 그는 괜찮은 이력서를 만들기 위해 수년간 고생하며 불확실한 세월을 보냈다. 그러다가 이탈리아에서 낮은 봉급이나 받으며 재능을 썩힐 수 없다고 판단해, 거대한 두뇌 유출의 흐름에 동승해 미국으로 향했다.

그는 지난 40년 세월 동안 수많은 직업을 거치면서도 들쑥날쑥한 은행 잔고와 싸워야 했다. 그런 그가 마침내 마땅히 누려야 할 성공을 찾아 뉴욕으로 향하는 용기를 내었던 것이다. 미국 입국 경험은 마치 유리문을 향해 머리부터 먼저 달려드는 것 같았다.

영화에서 본 것처럼 미국은 그렇게 마음 편한 곳은 아니었다. 형편없는 음식과 터무니없이 비싼 물가, 그리고 개인 부담의 의료 서비스. 마누엘은 회사를 통해 의료보험을 들었다. 그런데도 미국의 의료 서비스는 공포의 대상이었다. 전 재산을 다 쓰고 나니 죽어 나가도록 방치됐다는 등의 끔찍한 얘기들을 들었다. 병원 침상은 마치 주차장의 주차구역 같았다. 요금기에 넣을 동전만 많다면 계속 차를 세워놓아도 된다. 하지만 돈이 떨어지면 강제로 옮겨지고 만다. 결국 죽든가 나머지 인생을 빚더미 위에서 살든가 해야 한다.

마누엘은 미국 병원에는 가고 싶지 않았다. 죽고 싶지도 않았고, 빚더미를 안고 살고 싶지도 않았다. 직업을 제외하고는 그가 알고 사랑하는 모든 것들은 고향에 있었다. 그곳에서 수천 마일 떨어진 곳에서 바이러스에 감염되고 싶지는 않았다.

담배를 마저 피우고, 커져가는 절망감 속에서 그는 집으로 올라갔다. 상사에게 전화해 근무지를 이탈리아로 이동할 가능성이 조금이라도 있는지 물었다. 시차는 문제되지 않을 자신이 있었다. 거기서 밤에 일하는 게, 아무도 모르는 이 도시에서, 인권에 가격표가 달려 있는 이 나라에서, 팬데믹을 겪는 것보단 낫겠다는 생각이 들었다.

"마누엘 씨, 당신의 업무능력을 우리가 얼마나 높이 평가하는지 아시죠?"

상사는 가볍게 한숨을 쉬며 대답했다.

"그런데 이제 일 시작한 지 겨우 6개월밖에 안됐고, 우리 회사는 국제교류가 없어요. 미국 고용 계약을 맺었으니, 이제 마누엘 씨도 우리 중의 한 명이라고 생각해야 할 거예요. 사직을 한다면 모를까. 그럴 마음이라면 언제든지 그만두셔도 됩니다."

어쩔 수가 없었다. 남아 있고 싶었다. 할 수 있는 게 아무것도 없었다. 이제 와서 직장을 그만두고 이탈리아로 돌아가는 건, 포스트 바이러스에 예상되는 이탈리아의 경제불황을 고려할 때 자살행위나 다름없었다. 지금 이 자리에 오기까지 그가 쌓아온 모든 걸 정말 다 버리고 싶었던 걸까?

마누엘은 담배가 필요했다. 빈 담뱃갑을 한 손으로 구기고선, 다른 손으로 서랍 속에 있던 전자담배를 꺼냈다. 카트리지 박스를 흔들어 보니, 딱 두 개 남았다. 펜을 채우고, 전원을 켠 다음, 깊게 들이마셨다. 이건 실내에서도 피울 수 있었다. 다시 소파에 철퍼덕 앉았다. 진정하면 어떻게 해야 할지 이성적인 판단이 설 것만 같았다. 눈앞의 대기가 전자담배 연기로 가득 차는 것을 보고 인위적인 달콤한 향기를 맡으며 현재 상황을 분석해봤다. 바로 그거였다. 100볼트의 전기충격이라도 받은 듯이 심장이 거의 멎어버렸다.

"젠장."

담배, 그게 문제였다. 전자담배를 손가락 사이로 돌렸다, 마치 처음 보는 것처럼. 담배에 중독이 됐는데, 이젠 담배 때문에 이동이 제한됐다. 담배 때문에 고위험군에 속했다. 머릿속 눈으로 누나가 비웃는 모습이 보였다.

"담배 사러 나가서는 안돼. 거리에서 피우는 건 둘째 치고."

"하지만 창문을 연다고 해도 실내에서는 흡연이 금지됐잖아." 마누엘은 반감을 표했다.

"미친 나라에다 미친 규칙이야. 어디에서도 담배를 피울 수가 없잖아."

"그러면 동생아, 유일한 방법은 전자담배네."

상상 속의 누나가 대답한다.

"왜냐하면 밖에 나가서 네가 바이러스에 감염되면, 그땐 흡연은 걱정거리 축에도 속하지 못할 테니. 참 우습지?"

하나도 우습지 않았다. 이런저런 생각에 마누엘은 식은땀이 났다. 전자담배만이 그를 구제할 수 있었다.

"젠장."

그는 갑자기 극심한 공포감에 사로잡혔다. 마치 머리 위로 양동이에 가득 들어 있는 얼음을 쏟아 붓는 느낌이었다. 그는 대부분의 전자담배 카트리지에 알레르기가 있었는데, 딱 한 가지만 예외였다. 충분히 비축해놓아야 할 거라고 생각하지 못한 게 문제였다. 미국에서도 당연히 구입할 수 있을 줄 알았다. 현실은 그렇지 못했다. 이탈리아산 카트리지인데다 수출을 하지 않는 물건이었다. 하는 수 없이 일반 담배를 다시 피우기 시작했다.

모든 게 엉망진창이었다. 이게 무슨 바보 같은, 미친 상황이란 말인가. 그것도 팬데믹의 한복판에서. 팬데믹 때문에 그의 직업이 위태로워지고 있었다. 팬데믹 때문에 다시 이탈리아로 돌아가지도 못하고 있었다.

누나도 잘 알고 있을 것이다. 그의 인생은 최고점에 있었고, 지금처럼 명성 높은 직장을 코로나 바이러스 이후의 불경기 속에서 찾는 건 불가능한 일일 테니까. 마흔이라는 나이 또한 안정적이라고 하기엔 젊고, 새로 시작하기엔 늦은 나이였다. 지금까지 벌써 몇 번이나 새 출발을 해왔던가. 새 사업, 새 주소, 새

연인, 새 친구들… 수천 번은 될 것이다. 그는 미완성 세대라고 스스로 말하며 웃곤 했다. 지금은 웃을 기분이 아니었다. 자신에게서 모든 온기와 생명을 빼앗아가는 얼음물 속에 몸이 잠기는 기분이었다.

그는 긴장하며 몇 번 깊은 숨을 들이마셨다. 온라인으로 카트리지를 검색해봤다. 어디에도 없었다. 이탈리아에 있는 친구들에게 메시지를 보냈다. 그들 역시 식료품 가게말고는 어디에도 갈 수 없는 상황이었다. 마누엘이 물건을 받기 위해서는 많은 복잡한 단계를 거쳐야 했다. 경찰의 개입으로 단번에 무산될 수 있는 일이었다. 한 친구는 그래도 시도해보겠다고 호의를 보였지만, 모호한 약속이었다. 자가격리 중인 사람들의 하루살이식 모호한 계획과 별반 다를 게 없었다. 누나에게 부탁하면 보나마나 동료 의사들끼리 공유하는 웃음거리만 하나 더 제공할 게 뻔했다.

카트리지가 다 떨어졌다. 이제 남은 건 딱 하나였다. 그는 남은 카트리지를 집어 손가락 사이로 돌리며 해결책이 없다는 사실을 받아들였다. 마지막 카트리지를 전자담배 안에 집어넣었다. 전원을 켠 다음 깊이 들이마셨다. 그날의 마지막 햇살이 희미해지며 방안은 점점 어두워졌다. 그는 다시 한 번 담배를 들이마셨다.

2020년 4월 2일

흉터

그것은 일찍이 그녀가 생각해본 적이 없는 직업이었다. 어린 시절에 그녀는 장차 희망하는 직업이 무엇인지 미리 아는 그런 부류의 소녀도 아니었다. 다른 사람을 배려하고 돌보는 것은 전혀 관심사가 아니었기에, '간호사'를 장래의 직업 목록에 올린 적이 없었다. 여덟 살 때 한 경연에서 금붕어를 상으로 받았는데, 집에 가져온 후 겨우 이틀 만에 굶겨 죽였다. 금붕어한테 이름조차 지어주지 않았다.

열네 살 때까지 그녀가 자신을 묘사하는 데 사용한 모든 특성은 그녀의 외모로 인해 빛이 바랬다. 그녀는 이제 아주 예쁜 소녀로 활짝 피어났다. 유머 감각이 있다거나 배구를 할 때 공격력이 뛰어나다는 것도 더 이상 화제가 되지 못했다. 교실, 스포츠클럽, 커피숍 등 어떤 새로운 장소에 나타날 때마다, 그녀가 말도 꺼내기 전에 사람들은 그녀의 빼어난 아름다움을 말하곤 했다.

그녀는 노력하지 않고도 많은 관심을 끄는 데 점점 익숙해졌다. 어머니 눈에는 언제 봐도 아름다운 딸의 외모에 대한 자긍심이 넘쳤다. 그녀의 어머니는 그녀가 그냥 가만히 있어도 사람들이 그녀를 사랑하게 될 거라고 생각했다. 그녀는 스스로 거울을 볼 때마다 신은 정말 불공평하다고 생각했다. 만일 신이 실제로 존재한다면, 전혀 매력적이지 못한 학교의 많은 여자친구들과 자기를 똑같이 완전한 피조물로 창조했을 리 없었다. 학교 친구들 가운데는 남자친구를 만들 유일한 소망이 그저 눈을 감았다 떴을 때 그 앞에 제일 먼저 나타난 남자를 잡아야 하는 부류도 있었다.

그녀의 이름 아리엘 또한 앞으로 일어날 일을 예견하는 듯했다. 그녀의 언니는 동생의 이름을 지을 즈음 디즈니 '인어공주'에 푹 빠져 있었다. 어머니는 큰딸의 요구를 받아들여 작은딸의 이름을 지었다. 애니메이션 영화 속의 아리엘처럼, 자신의 목소리를 잃거나 또는 아무도 좋아하지 않는 목소리일지라도 사람들이 그 목소리와 관계없이 있는 그대로의 모습을 사랑하도록 만드는 일이 얼마나 어려운 일인지, 그녀는 빠르게 배웠다.

남자들은 그저 겉으로 드러난 그녀의 외모만을 보았다. 소셜 미디어에 올라 있는, 섹시하게 입술을 불룩 내민 한 장의 뽀로통한 얼굴 사진에만 관심을 집중했다. 그녀는 골라가며 다음날의 데이트 상대를 정할 수 있었다. 하지만 자기애가 너무 강하거나 너무 흥분한 나머지 여자가 특별한 감정을 느끼도록 하는 방법에 무지한 남자들과의 하룻밤 관계에 점점 싫증이 났다. 그래서 더 이상 소셜 미디어에 자신의 엉덩이 사진을 포스팅해 인터넷으로 사랑을 찾으려 하지 않았다. 그녀의 외모는 부지불식간에 그녀의 삶을 서서히 조이기 시작했다.

모델로서의 커리어를 쌓는 일에서 한 가닥의 희망을 발견하려고 했던 것은 평상시보다 유독 지루했던 어느 무료한 날의 일이었다. 그것은 슬프게도 가슴 뛰는 일이 별로 없는 삶에 의미를 부여하는 무엇인가를 제공해줄 것 같았다. 지역 쇼핑몰에서 열린 '미인대회'에 나간 그녀의 미모를 알아보고 한 모델 스카우트가 계약을 제안했다. 그들은 그녀의 부모에게 딸을 전문 모델로 키울 것을 권유했다.

그녀의 아버지는 계약서를 읽고 난 후 곧바로 항의했다.

"뭐? 모델수업, 사진 촬영, 화보집? 또 무슨 핑계로 5천 달러라는 큰돈을 청구할지 모르잖아?"

하지만 그녀의 어머니는 잽싸게 옆구리를 찌르며 아버지의 입을 틀어막았다. 그리고 서명을 강요했다. 그렇게 일을 저질러

버렸다.

아리엘은 모델이 되기 위한 모든 기본과정을 다 거쳤다. 그녀는 모델이 되기 위해 태어난 사람이었다. 몽롱한 시선은 카메라 렌즈를 분산시켰으며, 관능적이고 뾰로통한 입술은 사람들로 하여금 그녀와 함께 사진 찍고 싶어 안달이 나게 하였다. 지방 패션쇼와 많은 쇼핑몰에서 모델로서의 첫 작업들을 순식간에 해치웠다. 에이전트는 모든 수입을 그녀의 모델 런칭을 위해 소요된 비용을 충당하는 데 사용했다.

어느 날 그녀는 저급한 쇼핑몰을 잇달아 방문하는 일에 지쳤다며 더 많은 것을 원한다고 선언했다. 방관자의 입장에서 딸의 초년생 경력을 좇던 어머니는 딸을 타일렀다.

"나는 이 일을 하느라고 학업을 포기했어요. 엄마가 나를 대스타로 만들어준다고 했잖아요?"

그녀는 어머니에게 대들었다. 에이전트는 아리엘을 바라보며 말했다.

"한 단계 더 올라가고 싶으면, 조금 더 추가적인 일을 할 준비가 필요해."

그게 무엇을 의미하는지는 분명했다. 그녀는 소스라치게 놀라며 싫다고 말했다. 그러나 어머니는 딸이 너무 성급히 행동했다며 에이전트가 원하는 것이 무엇인지 최소한 확인은 해보아야 한다고 딸을 설득했다.

"네 또래의 잘생긴 사람으로, 어쩌면 그가 너와 결혼하고 싶어할 수도 있어. 앞일은 모른단다."

어머니는 자신 있게 말했다.

그리하여 아리엘은 어머니가 제안한 대로 결국은 파티에 가게 되었다. 그녀는 자신의 경력에 도움이 될 만한 남자를 소개받았다. 그는 나이가 많았고, 역겨운 입 냄새를 풍기며 입 주위에 흰 빵 부스러기가 묻어 있었다. 그녀는 푸줏간에 던져진 한 점의 고기와 같았다. 그녀에게 추파를 던지며 그는 예의고 뭐고 없이 두 손으로 자기의 거시기를 움켜쥐었다. 그리고 여러 침실 중의 하나에서 그녀의 엉덩이를 애무하고, 그녀의 팬티에 얼굴을 비비며 분명히 말했다.

"지금은 당신을 안아주고, 내일은 밀라노로 데려가서 '패션 주간' 활동에 참여하게 해줄게."

아리엘은 멍하니 누워서 잠시 그가 하는 대로 내버려두었는데, 남자가 질 속에 손가락을 집어넣자 이건 아니다 싶었다. 그가 역겨웠고, 뱃속의 내용물이 다 뒤집어졌다. 정말 견딜 수 없었다. 그녀는 울면서 방을 뛰쳐나왔다. 혐오감과 굴욕감을 느꼈으며, 자신이 수치스러웠다. 자기를 보호하지 못하고 이런 신세가 되도록 만든 어머니가 원망스러웠다.

이런 난관 속에서 몇 해가 지나갔다. 어머니는 모델 활동으로 돌아가서 최소한 지역 쇼 몇 군데 정도는 행사에 참여할 것을 끊임없이 강요했다. 아리엘은 말을 듣지 않았다. 모델로서 패션 쇼 무대에 서면 일면식도 없는 남자들이 침을 흘리고, 여자들은 질투로 얼굴이 새파랗게 변하는 그런 삶으로 돌아가고 싶지 않았다. 그것은 그녀가 원하는 삶이 아니었다. 실체도 없는 그런 삶을 생각만 해도 눈물이 났다.

"네 외모가 아깝다. 내가 너처럼 예쁘면 얼마나 좋을까."

엄마가 툴툴댔다. 아리엘은 속으로 엄마를 미워하기 시작했다. 고등학교 졸업에 필요한 이수학점을 따기 위해 학점은행 대학에 다녔고, 지방 병원 관리자였던 삼촌의 충고에 따라 보건학 학위과정에 등록했다. 그녀의 엄마는 졸업식에 오지도 않았다.

아리엘은 큰 고생 없이 간호사 자격증을 취득했다. 그리고 치유하는 데 오랜 시간이 필요한 상처를 안은 채, 다른 사람들을 돌보기 시작했다.

사람들이 전부 감염된 것처럼 보였다. 그녀가 때맞추어 팬데믹의 최전선을 담당하는 자격증을 얻을 것이라고 누가 상상이나 했을까? 그녀는 수간호사의 발표가 농담이기를 간절히 바랐으나, 그때부터 병원은 수백 명의 환자로 넘쳐났다. 아리엘은 사람이 죽는 것을 보았다. 혼자 남겨진 환자가 숨을 거두기까지 환자의 손을 잡고 지켜보는 것은 심장을 비트는 듯한 고통이었다.

그럼에도 불구하고 팬데믹에서 좋은 것은 마스크였다. 얼굴의 반을 가려주는 마스크를 항상 써야 했다. 아울러 신체의 나머지를 덮어주는 긴 가운과 앞치마를 착용하고 내내 단단히 고정된 상태를 유지해야 했다. PPE(파트너 프로그램 등록시스템)는 전국에서 도움을 주기 위해 달려온 많은 의사들과 대화를 나누는 시스템이었다. 그녀는 이제 갓 만난 동료는 물론 병원 밖에서 만난 사람들과도 이야기를 나눌 수 있었다. 하루종일 그녀는 마스크 뒤에 숨어서 해방감을 느끼며 일에 집중할 수 있었다. 또한 남자들과 자유로이 수다를 떨 수 있었다. 그들이 그녀의 입술을 쳐다보며 불필요한 상상을 하는 일이 없었기 때문이다.

아리엘은 팬데믹 기간 동안, 어이없게도 새로운 삶을 임대 받은 느낌이었다. 고된 일이었으나 난생 처음 뭔가 보람 있는 일을 하는 것 같아서 좋았다. 새로운 기술을 연구하고, 심지어 유니폼 주머니에 빨간 코주부 코를 넣고 다녔다. 그러다가 노약자들을 만나면 마치 그들을 웃게 하기 위해 준비했다는 듯이 코주부 코를 착용하였다.

"아리엘, 어쩜 그렇게 예쁘니!" 대신에 "아리엘, 참 잘했어!"라는 말을 들었다. 그녀는 다른 사람이 된 것 같았다. 무언가를 잘하기 위해서는 저절로 되는 것이 아니라 열심히 노력해야 했다. 아무도 "잠깐 멈춰 봐, 꼼짝 마, 완벽하게 해"라고 말하지 않았다. 대신에 그녀 스스로 자신을 향상시키기 위해 부단히 노력해야 했다. 그녀는 매일 아침 교대 준비를 하면서 심장이 터질 것 같았다. 죽음은 고통을 수반하는 복잡다단한 삶의 일부로 느껴졌기 때문에, 죽음조차도 그녀의 평정심을 허물어뜨리지 못했다. 그녀는 마치 새로 태어난 사람 같았고 이전의 삶에서 받았던 감정의 상처를 거의 느끼지 못했다.

그녀의 어머니는 매일 아침 밥상머리에서 머리를 설레설레 흔들며 말하곤 했다.

"얼굴에 무슨 자국이 그리 끔찍하니?"

"마스크 자국이야."

아리엘은 건성으로 들으면서 대답했다.

"얼굴이 망가진 이 풋풋한 젊은이들한테 정부는 어떤 보상을 해주려나?"

아리엘은 어머니가 딱했다. 어머니는 병원에서 어떤 일이 벌어졌는지 모른다. 아리엘의 발에 물집이 생겨 발이 벌겋게 퉁퉁 부어올랐다. 그로 인해 밤에 잠을 제대로 못 이루어도, 다른 이들의 고통에 비하면 물집은 얘깃거리도 안됐다. 하루종일 쓰는 마스크 자국이 늘 얼굴에 남아 있어도 아리엘은 그것을 나쁘게 생각하지 않고, 아무리 힘들어도 일을 계속할 것이라고 다짐했다. 바이러스가 통제되고 새로운 확진자가 더 이상 나오지 않았다. 병원에 빈 자리가 나기 시작하자, 전쟁터의 아드레날린이 승리의 아드레날린으로 바뀌었다. 그 승리에 그녀가 의심의 여지없이 한몫을 했다. 작지만 모든 부분과 동일한 몫으로.

정부는 일단 가장 심각한 문제를 처리한 다음, 팬데믹이 의료

진의 얼굴에 남긴 물리적 흉터를 다루는 데 관심을 기울였다. 명품 화장품 브랜드가 등장했고, 의료진들은 성형외과 진료를 신청할 수 있었다.

"별거 아니네."

그녀의 어머니는 신문을 읽으며 말했다.

"위험 부담이 적은 성형에 네 얼굴 정도면 마치 새 얼굴처럼 좋은 결과가 나올 거다. 예약이 언제니?"

"신청 안했어."

아리엘이 커피를 저으며 대답했다.

"아니, 왜?"

어머니는 딸을 쏘아보며 물었다.

"나중에 하려고."

아리엘은 대답하고는 화장실에 들어가 버렸다. 그리고 문을 잠그고 깊은 한숨을 쉬었다.

그녀는 거울에 비친 자기 모습을 보면서, 얼굴을 가로질러 나 있는 핑크색 선을 되짚어보았다. 한쪽 볼에서 시작해, 눈 밑까지, 코를 가로질러서 다른 쪽 볼까지 이어졌다. 싱긋이 웃었다.

이제 그녀는 이사를 할 수 있다. 아파트를 물색하고 가구를 사기 위해 밖으로 나다닐 수 있게 되어서다. 직장 동료인 바바라에게 아파트 경비를 분담하면서 함께 살자고 요청할 수도 있다. 혹은 뭔가 새로운 장소와 환경의 변화를 위해 대도시의 병원으로 전출을 신청할 수도 있다. 그녀가 할 수 있는 일이 너무 많고, 어쩌면 항상 있었을 것이다. 단지 지금까지 느끼지 못하고 있었으리라. 그녀는 무엇이든지 원하는 것을 할 수 있고, 되고 싶은 그 어떤 사람도 될 수 있다.

그렇다 하더라도 그녀가 진정으로 원하는 것이 무엇인지를 알기엔 조금 이르다. 지금 확실히 아는 것은 흉터를 그대로 간직하고 있다는 것이다. 그간 투쟁을 해왔고, 그 투쟁을 헤쳐 나왔다. 흉터는 그녀가 성취한 것에 대한 영속적인 증빙이다. 그녀는 얼굴에 불그스름하게 난 선을 자랑스러워하며 다시금 미소 지었다.

2020년 4월 3일

작은 새

팬데믹이 오고 나서야 비로소 우리 집에 정원이 있음을 깨달 았다.

사실, 야생초, 올리브 나무, 벌레… 다른 모든 것들과 함께 정원은 항상 거기에 있었다. 하지만 나는 정원에 한 번도 관심을 두지 않았다. 아파트에서 나고 자라서 늘 아파트의 삶이 그리웠다. 허허, 좀 기이하지 않아? 어떤 사람들은 정원을 갖기 위해 자신의 소중한 것을 바칠 테니.

바이러스 확산 방지를 위한 자가격리 조치가 발표되었을 때로 돌아가 보자. 당시 나는 집에서 이웃들과 맘 편히 수다를 떠는 일이 일과였다. 그리고 음치임에도 불구하고 다른 아파트에서도 흔히 볼 수 있던 발코니 싱어롱 모임에 열심히 어울렸다. 주변 사람들이 만들어내는 소리에 귀 기울이는 것이 좋았다. 남편은 시골로 떠나는 것이 우리에게 꿈 같은 삶이 될 것이라고 나를 설득했다. 하지만 남편하고 둘이서 인적이 끊긴 채 시골 집에 갇혀 지내는 것보다는 이편이 훨씬 좋았다.

나는 정말이지 시골 생활에 익숙하지 않았다. 시골이 싫었다. 화초를 잘 가꾸지도 못했다. 나도 모르게 우울해져가는 것을 느꼈다. 정원에 나가본 적조차 거의 없었으며, 일상이 지루하고 따분했다. 그것은 아마도 바다가 몇 킬로미터 떨어져 있고, 푸른 바다에 비해 녹색 들판이 더 칙칙해 보였기 때문이었으리라.

그럼에도 불구하고 강제격리 기간 동안에 정원은 나의 탈출구가 되었다. 봄이 코앞에 와 있었고, 날씨는 더 화창해졌다. 자연스레 밖으로 나가 축구나 원반던지기를 하고 싶도록 만들었다. 운동은 우리를 시간 낭비와 정신불안에서 구해줄 것 같았다.

새로운 세상에서 주변의 것들에 관심을 기울이기 시작했다. 나비들이 주위를 날아다니고, 개미떼들의 군집생활은 마치 군대 조직 같았다. 개미들에게 매일 빵부스러기를 던져주었다. 해질녘이면 새들이 저녁 만찬을 기다리며 잔디밭에 모여들었다. 한 해에 한 번쯤 바닷가에 가는, 눈에 띄게 부자연스러운 수영복 차림으로 모래 위를 어설프게 뒤뚱거리며 걷는 사람을 떠올려보라. 나는 평상시 삶의 터전에서 확실하게 벗어나 있는 잠깐 들른 외부인 같았다.

　어느 날 할 일도 없고 해서 기분 전환도 할 겸, 해먹을 끄집어내어 정원에 있는 단 두 그루의 나무 사이에 걸어놓았다. 옆집과의 경계를 짓는 담장 옆, 정원의 아래쪽에 위치한 그 나무에는 아직도 낡은 고리가 그대로 걸려 있다. 나는 옆집에 누가 사는지 알지도 못했다. 수 헥타르에 달하는 대지에 몇 미터인지 가늠조차 할 수 없는 긴 담장으로 둘러쳐진 저택에서는 이웃과 쉽사리 맞닥뜨릴 일이 없다. 아파트 빌딩에서의 삶이 대부분 그러하듯이. 남은 오후 태양 별의 마지막 열기를 즐기기 위해 해먹에 누워, 책을 읽으며 몸을 좌우로 흔들었다. 이런 감흥이 앞으로 몇 주 동안 이어질 것이라고는 생각하지 않으려 했다.

　어딘가에서 짜증나게 하는 톡-톡-톡 소리가 들리기 시작했다. 나는 그것이 아마도 바람에 날리는 무언가의 소리라고 생각했다. 내 의식 속으로, 리듬을 탄, 톡-톡-톡-멈춤(일시정지)-톡-톡-톡 소리가 새들의 지저귐과 가벼운 소슬바람을 뚫고 또렷이 들려왔다. 한 시간이 지나고, 한 시간 반쯤 지나도 톡-톡 소리는 멈추지 않았다. 나는 책을 덮고 해먹에서 내려왔다. 그 이상하고 약간 짜증나는 소음이 어디서 나는 소리인지 확인해보려고 했다. 주위를 둘러보니 옆집 1층 발코니 난간에 작은 새가 앉아 있었다. 새는 창문으로 날아가서 유리창에 부리를 두드리기 시작했다. 톡-톡-톡. 그러고는 원래의 난간으로 되돌아갔다.

새를 방해하지 않기 위해 꼼짝 않고 서서 오래도록 지켜봤다. 새는 같은 순서를 여러 번 반복했다. 5주라는 긴 시간 동안 집 안에만 갇혀 지냈기 때문인지 내게는 매우 신기했다. 그 작은 새는 동류의 다른 새들이 밤을 지새우기 위해 둥지로 돌아오는 해질녘까지 같은 행위를 반복하였다.

집에 들어가 남편에게 물었다,

"옆집에 누가 살아?"

"몇 해 전에 남편과 사별한 노부인."

저녁식사를 위해 냉장고에서 몇 가지 식재료를 꺼내면서 남편이 대답했다.

"자녀들은 외국에 근무하는 것으로 알고 있어. 혹시라도 도움이 필요할 때 연락하시라고 우리가 이사 들어올 때 노부인에게 우리 전화번호를 드렸어."

"그럼 지금 당장 전화를 좀 해봐."

내가 말했다.

"왜?"

남편이 물었다.

"무슨 문제 있어?"

남편에게 작은 새 이야기를 들려주었다.

"노부인에게 알려줘야 할 거 같아. 어쩌면 그 새가 안으로 들어가고 싶어서 노크하고 있는지도 몰라."

"노크한다고?"

남편은 나를 비웃었다.

"아마도 당신이 충분히 관찰한 것이 아닐 수도 있어, 여보. 땅바닥에 빵 부스러기가 있었을 수도 있잖아?"

"땅을 콕콕 쫓은 게 아니야."

나는 우겼다.

"창문을 두드리고 있었어. 노크한 거라고."

남편이 비아냥거리기를 멈추지 않을 터라서, 다음날 같은 시각에 해먹으로 돌아가서 누웠다. 몇 분 후 다시 톡-톡-톡 소리가 들려왔다. 그 작은 새가 우리 이웃의 창문을 다시 두드렸다. 날갯짓을 하며 유리창 가까이에 머물다 다시 난간으로 날아갔다. 그리고 다시 같은 동작을 재연했다. 다시 한 번, 또다시 한 번. 남편을 큰 소리로 불렀다. 씩씩 가쁜 숨을 몰아쉬며 그가 나타났다. 마치 내가 유치한 장난을 치는 것이라면 다시는 못하게 쐐기를 박을 요량으로.

"당신 말이 맞네. 대체 뭘 하는 걸까?"

"노크하는 거 같아. 노부인에게 한번 말이나 해봐."

"그래서 정확히 뭐라고 말하라고?"

그는 다른 각도에서 새를 관찰하기 위해 한 발 옆으로 물러서며 응수했다.

"안녕하세요. 옆집 사람입니다. 댁의 창문을 두드리는 작은 새가 있습니다. 제 아내 생각으로는 부인께서 그 새를 집안으로 들여서 차 한잔 대접해야 한다고 합니다만?"

"너무 그러지 마. 죽은 남편일 수도 있잖아?"

그는 나를 쳐다보며 말했다.

"그 새가? 그녀의 죽은 남편일지도 모른다고?"

"응, 그 집 남편이 그 새로 환생해 옛 집에 들어가고 싶어서 노크하고 있다면 어떨까?"

내가 말했다. 정말 딱 들어맞는 설명처럼 느껴졌다.

"그가 아내를 부르는데 아내가 청력 노화로 들을 수 없다면 어떻게 될까? 노부인이 늙었다고 했잖아?"

남편은 파안대소했다. 갑자기 터져 나온 큰 소리가 새를 놀라게 해 가장 큰 나무로 날아갔다.

"당신이 저 새를 놀라게 해서 도망갔어!"

"진심이야?"

그는 걱정하는 내 얼굴 모습을 보고 물었다.

"정말 죽은 남편이라고 생각해? 말이 안돼. 뭔가 사리에 맞는 설명이 있어야지."

"왜? 어떻게 거기에 사리에 맞는 설명을 하라는 거야."

나는 불같이 화내며 맞받아쳤다.

"짐승이 누군가의 문이나 창문을 두드리는 것을 본 적이 있어?"

"인간의 시각으로 해석해서 노크라고 말하는 사람은 바로 당신이잖아."

남편이 말했다.

"어쩌면 그것은 그 새의 입장에서는 완전히 다른 것을 의미하는 것일지도 몰라."

"꼭 그렇지는 않지."

"아니, 분명히 그럴걸."

"노부인에게 전화할 거지?"

"왜 당신이 하지 않고?"

"나는 노부인을 모르잖아. 당신은 이미 노부인과 이야기를 텄고. 나는 노부인을 놀라게 하고 싶지 않아."

"그래, 당신 말이 맞아. 정신나간 이웃이 전화를 해서 작은 새가 창밖을 두드리고 있고, 죽은 남편의 환생일지도 모르니까 새를 초대해야 한다는 이야기는 무섭지."

"진짜 웃기네."

우리는 저녁식사를 준비하기 위해 안으로 들어갔다. 자가격리는 수많은 자잘한 일상과 함께 이루어졌으며, 그 중에서도 식사 준비가 가장 진지했다. 우리는 말없이 조용히 움직였다. 나는 그의 빈정거림에 맘이 상했다. 그는 신앙이 없는 사람이고, 축구 경기를 시청할 때만 혼신의 힘을 다했다. 도대체 몇 날 며칠이고 온 종일 창문을 두드리는 새에 대해 무어라고 설명해야 할까. 옆집 노부인에게 알려야만 한다고 생각했다.

그는 결국 노부인에게 전화를 걸었다. 스피커폰으로 전환하는 것을 보고 그의 옆에 앉아 고개를 끄덕이며 힘을 북돋워주었다. 전화 신호음이 울리는 소리를 들으면서 그는 한숨을 쉬었다.

"아, 안녕하세요? 목소리를 듣게 되어 반갑습니다. 어떻게 지내세요?"

따뜻한 목소리로 옆집 노부인이 전화를 받았다.

"잘 지내고 있습니다. 이 어려운 시기에 혹시라도 저희가 도울 일이 있을까요?"

"아니오, 없어요. 잘 지내고 있어요. 고마워요. 청소 도우미가 식료품을 가져다주기 때문에 필요한 것은 다 있어요."

그녀가 대답했다.

"그래도 전화 안부 물어줘서 고마워요. 이런 속깊은 이웃이 바로 옆에 계셔서 정말 안심이 되네요."

나는 그녀와 같은 생각이었다. 혼자 살아간다는 것이 특히 밤에는 오직 끔찍한 일인가. 나는 상상도 할 수 없는 일인데, 그녀는 도대체 어떻게 이를 이겨내고 있을까?

"사실, 부인께 전화하라고 얘기한 사람은 제 아내입니다."

그는 눈을 굴리며 계속했다.

"제 아내가 저희 집 정원이 내려다보이는 댁의 일층 발코니에서 이상한 일을 보았답니다."

"아, 무슨 문제라도 있나요?"

"아니오. 별건 아니고, 그냥 작은 새 한 마리가 있어서요."

그는 이야기를 시작하다가 멈췄다. 노부인이 피식 웃었기 때문이다.

"무슨 재미있는 일이라도 있나요?"

"아, 미안해요."

노부인이 대답했다.

"그 작은 새로 인해 모두들 당황해하고 있어요. 물론, 댁도 상상할 수 있듯이, 항상 같은 새는 아니지만. 매년 봄이면 이런 일이 일어나요."

"무슨 뜻인지요?"

이젠 더 많은 관심을 보이며 남편이 물었다.

"한 번은 우리 손자가 귀신 전문가한테 전화하려고도 했어요. 부활절 날 손자가 와서 그 방에서 잤는데, 새가 창문을 두드리는 것을 보고는 기겁을 했어요."

노부인은 낄낄거리며 말했다.

"그럼, 새가 창문을 두드리는 것이 정상이란 말씀이세요?"

"음, 실제로 두드리는 건 아니고 키스하는 것 같아요."

"뭐라고요?"

"그 창문은 큰 소나무 바로 맞은편에 있는데, 철새들이 매년 봄에 둥지를 틀기 위해 돌아오다가 그 중 한 마리가 창문에 비친 자기의 모습을 보고는, 자기의 가상의 짝이라고 착각하는 것 같아요. 나도 처음 보았을 때는 무슨 영문인지 잘 이해가 안됐지만, 결국 알아냈지요. 아시다시피 새들은 그리 영리한 동물은 아니죠. 하지만 누가 이런 일을 상상이나 했겠어요?"

노부인은 다시 웃었다. 남편은 그 모든 이야기를 설명해준 것에 감사를 표했다. 그리고 그녀를 귀찮게 한 것을 사과하며 작별 인사를 하고 통화를 끝냈다.

"이제 됐지?"

그는 내게 웃으며 말했다.

"자기 모습이 비친 것도 모르고 그 반사된 모습에 키스하는 모자란 새들. 내일 신문에는 신종 코로나 바이러스 사망자 숫자 바로 다음에, 이 이야기가 도배되겠네."

나는 아무 말도 하지 않았다. 우리는 저녁식사를 하고 영화를 한 편 본 후 잠자리에 들었다. 어제와 똑같은 일상을 보내는 데 지쳤다. 나는 불을 끄기 전에 남편에게 말했다.

"하나만 약속해줘."

"음..."

그가 깜빡 졸며 대답했다.

"내가 만약 당신보다 먼저 죽고, 당신이 새가 창문을 두드리는 소리를 들으면 그 새를 안으로 들여보내줘."

그가 잠이 설핏 깬 채로 내게 몸을 돌리며 말했다.

"그 새가 당신일 거라는 말이야?"

"응!"

이번엔 다정하게 웃고 나를 끌어안으며 말했다.

"그럼, 창문 열어주고 말고."

"나를 들여보내고 나를 알아볼 거지?"

"물론! 하지만 우리는 창문에 비친 그림자가 아니니까, 지금 진짜 키스할까?"

나는 웃으며 키스했다, 진짜로.

2020년 4월 4일

WEEK 4

명백한 죽음

일이 끝없이 쏟아졌다. 장례 업무가 이렇게 분주한 적이 없었다. 십여 년 전 나이트클럽이 무너져 수백 명의 젊은이들이 압사한 사건을 빼면, 몇 년은 잠잠한 편이었다. 마티아는 요즘 매일 관을 어떻게 보관해야 할지 고민할 정도다. 화장터로 옮길 때까지 놓을 곳을 찾아내는 게 일이다. 공간도 시간도 부족했다. 날씨는 점점 더워지고, 시체는 그만큼 빨리 부패했다.

"믿어지지 않네. 하필 내가 팬데믹의 최전선에 있다니."

마티아는 종종 이렇게 혼잣말로 투덜댔다. 그는 어릴 때보다 살이 찌긴 했어도 체격이 우람해 육체노동을 하기에 부족함이 없었다. 그리고 누구도 하고 싶어하지 않는 일이다 보니, 화장터에서는 그를 곧바로 채용했다. 이 지역 사람들은 미신을 믿기 때문에, 죽은 사람들과 함께 지내는 게 매력적일 리 없었다.

마티아한테는 더할 나위 없이 만족스러운 일이었다. 법으로 보장된 병가에, 유급 휴가, 국민건강보험, 개인연금. 그뿐 아니라, 크리스마스 보너스까지 계약에 명시되어 있었다. 유해 발굴 작업도 꽤 쏠쏠했다. 두 달 안에 친척들이 찾아가지 않는 유품은 모두 장의사들의 몫이었다. 목걸이, 손목시계, 브로치, 귀걸이, 금니 할 것 없이 사무실 안에 있는 큰 유리병 안에 넣어두었다.

"그 물건들 하나라도 집에 들이지 말아요."

아내가 처음부터 단호하게 한 그 말 때문에, 마티아는 물건 값을 잘 쳐주는 동네 금은방으로 가져가서 현금으로 바꾸곤 했다. 버려진 유품을 보면 슬펐다. 돌아가신 분의 유품을 찾으러 오는 친척은 거의 없었다. 그 덕분에 푼돈은 좀 챙길 수 있었지만, 마티아는 그게 언젠가는 본인의 일이 될 수 있다는 걸 너무나 잘 알고 있었다.

그런데 갑자기 밤낮없이 쏟아지는, 자리가 없어 밖에 둘 수밖에 없는 관들 때문에 그의 일상은 뒤죽박죽이 되었다.

시청에 요청해 대여한 냉동 컨테이너 트럭이 화장터 뒤 공지에 줄을 서 있었다. 관이 옮겨질 때까지 컨테이너 안에 보관했다. 마티아의 오랜 친구와 동창들 중에도 그 곳에 들어간 사람이 몇 있었다. 그는 혼자 조용히 기도하며 작별을 고했다. 마티아는 동료와 함께 그렇게 관을 차곡차곡 쌓아올렸다.

"여기서 바이러스가 빠져 나오지나 않으면 좋겠네."

동료는 10분마다 장갑을 바꿔 끼는 사이사이에 계속 투덜거렸다.

"나오면 나오는 거지."

세월이 흐르면서 점점 운명론자가 된 마티아의 대답이었다. 묘지에서 하루종일 지내다 보면 죽음이라는 게 낯설지 않고 친근해진다. 하지만 아무리 해도 익숙해지지 않는 건, 유족들의 고통을 보는 일이었다. 지금은 이동제한령이 내려 다행히 아무도 이곳에 올 수 없었다. 마티아는 그들이 망자를 위해 흘리는 서글픈 눈물을 보지 않아도 되었다. 장례식은 취소되었다. 화장한 다음 유골 항아리는 가장 가까운 유족의 집으로 배달되었다. 다행이었다.

"저게 마지막이지?"

하루 일을 마무리할 때 동료가 물었다.

"다른 쪽 출입구를 확인하고 올게. 잠갔는지 모르겠네."

"오케이, 나는 컨테이너 트럭들을 잠그고 퇴근할게. 퇴근길엔 식료품점에서 살 것도 있고."

사무실 선반에 갖다 놓으려고 연장가방을 들쳐 메면서 마티아가 답했다. 컨테이너 문을 하나씩 아래쪽으로 단단히 조이며 잠갔다. 마지막 컨테이너의 두 번째 문을 잠글 때, 무슨 소리가 났다. 분명히 안쪽에서 나는 소리였다. 인상을 쓰고 잘못 들었는가 싶어 의아해하며, 큰 문을 잠그려고 뒤돌아 갔다. 문을 막 닫으려는 순간 또다시 소리가 들렸다. 이번엔 전보다 소리가 훨씬 더 컸다. 쿵!

"하나님, 맙소사."

수상한 일이었다. 주차장 공터를 둘러보았으나 그의 동료는 보이지 않았다. 분명히 그는 이어폰을 꽂은 채 행복하게 마지막 담배를 피우고 있을 것이다. 마티아는 문을 열어젖히고 컨테이너 안으로 들어갔다.

"브르르르."

정신을 바짝 차리려 하는데도 전율이 느껴졌다. 다시 소리가 들렸다. 쿵. 무슨 동물? 쥐? 아니면 다른 무엇? 그렇다면 그것을 쫓아내야 했다. 그렇지 않으면 그 동물도 화장장에서 삶을 마감할 것이다. 반쯤 열린 문으로 희미한 빛이 들어오고 있었다. 조심스럽게 주위를 살피며 컨테이너 안으로 조금 더 들어갔다. 쿵!

소리 나는 쪽을 향해 줄줄이 놓여 있는 관 사이를 지났다. 그때 등 뒤로 요란한 쿵 소리와 함께 잠금장치 돌아가는 소리가 나며 컨테이너의 문이 닫혔다. 패닉 상태에 빠진 마티아는 공포로 울부짖었다.

"여기요, 안에 사람 있어요!!"

바닥에 연장가방을 던져놓고 휴대폰을 찾으려 주머니를 뒤졌다. 휴대폰 손전등을 켜기도 전에 바닥에 떨어뜨리고 말았다. 지금쯤 동료가 근처를 지나리라고 상상하며, 그는 가까이 있는 벽을 쾅쾅 두드렸다.

"도와줘! 내 소리 들려? 제발 도와줘!"

있는 힘껏 소리쳤다. 그의 동료는 아직도 귀에 이어폰을 꽂은 채 최대 볼륨으로 음악을 즐기는 모양이었다. 아무도 들어주는 사람이 없을 것이란 생각이 들 때까지 어둠 속에서 그는 벽을 두드렸다. 지금쯤 묘지에는 인적이 끊겼을 것이다.

"제길, 빌어먹을, 제길!"

그는 되뇌고 되뇌었다. 바닥에 떨어진 휴대폰을 찾기 위해 무릎을 꿇고 더듬더듬 기었다.

"대체 어디로 간 거야?"

냉기가 그의 작업복을 뚫고 뼛속까지 스멀스멀 스며들기 시작했다. 도구가방을 찾아서 끌어당겼다. 영원처럼 길게 느껴진 시간이 지나, 휴대폰도 찾았다. 덜덜 떨리는 손가락으로 전화기를 켰다. '신호 없음' 글자가 화면에 떴다.

"도와주세요."

마티아는 잠깐 심장이 멎었다. 확실치는 않으나 사람 소리를 들은 것 같았다. 쿵. 다시 그 소리가 들렸다. 또다시, 아주 희미하고 아득하게.

"도와주세요."

"거기, 누구요?"

마티아는 기겁을 하며 외쳤다. 휴대폰 손전등을 흔들자 주변에 켜켜이 쌓인 관이 눈에 들어왔다. 컨테이너 안의 냉기가 훨씬 더 시리게 느껴졌다.

"여기 사람 있어요."

마치 무덤 속에서부터 울려 나오는 것 같은 가녀린 대답이 들렸다. 마티아는 귀신을 믿지 않았다. 여러 해 동안 묘지에서 일하다 보니, 괴상한 일이 일어나는 것을 보기는 했다. 그래도 죽은 사람이 말을 거는 일은 한 번도 없었다.

"여기 속에 갇혔어요. 숨을 쉴 수가 없어요."

"관 속에 있다고요?"

마티아가 바짝 긴장하며 물었다.

"두드려 봐요. 뚜껑을 두드려 봐요!"

쿵, 쿵.

그는 기절할 듯이 놀라며, 괴기하게 여겨지는 소리 쪽으로 다가갔다. 조급해졌다. 만약 누군가가 실수로 관 속에 갇혔다면, 공기가 부족할 터였다. 아직 공기가 다 빠져나가지 않았기를 바랄 뿐이었다. 쿵! 마티아가 관을 두드리자 안에서 응답이 왔다.

"여기예요, 어서."

마티아는 연장가방에서 관 뚜껑의 나사를 풀어줄 만한 것을 집어 들었다. 쉬운 일이 아니었다. 전동 스크루드라이버로 작업

을 시도했는데 이내 방전되고 말았다. 손으로 나사풀기를 계속
했다. 관을 왜 그리 꽁꽁 봉하는지 늘 궁금했다. 시체가 도망이
라도 갈까봐 두려워서 그럴 것이라고 말하곤 했다. 일은 무척 고
되었으나 몸은 따뜻해졌다. 마침내 공기가 겨우 통할 수 있을 만
큼 관 뚜껑을 위로 들어 올렸다. 열린 틈 사이에 망치를 끼워 넣
었다.

"고맙습니다."

관 속에서 대답했다. 연속해서 기침소리가 이어졌다. 마티아
는 겁에 질렸다. 말하는 시체라면 어쩌지? 귀신? 좀비라면? 계속
떠오르는 그런 말도 되지 않는 생각을 지워버리려고 애를 썼다.
관 가장자리로 손가락 몇 개가 나오는 것이 희미한 휴대폰 불빛
아래 비쳤다. 뒤로 넘어질 듯이 움찔했다.

마침내 관 뚜껑을 해체하는 데 성공했다. 큰 숨을 몰아쉬고는
뚜껑을 들어내었다. 아주 여위고 잿빛 얼굴에 푸르스름한 외모
의 남자가 누워 있었다. 그를 일으켜 앉혔다. 남자가 기침을 하
자 마티아는 자신이 마스크를 하지 않고 있음을 깨달았다. 남자
는 병원 영안실에 안치되기 직전까지 중증환자 집중치료실에 있
었으리라.

"휴, 이게 뭐하는 짓이람."

한숨이 절로 나왔다.

"괘, 괜찮으세요?"

마티아가 물었다.

"여기가 어딘가요?"

남자는 휴대폰 전등 불빛에서 눈을 돌리며 더듬거렸다. 마티아가 손전등 방향을 바꿔 불빛이 더 이상 남자의 얼굴을 비추지 않았다.

"냉동 컨테이너 안에 갇혀 있어요."

참 어처구니없다는 생각을 하면서 대답했다.

남자는 아무 말도 하지 않았다. 혼란스러웠으리라. 마티아가 상상했던 시체의 복장 그대로인, 두툼한 모직 양복을 입고 있었다.

"무슨 영문인지 모르겠네요. 잠이 깼지만 일어날 수가 없고, 숨쉬기도 힘들었어요. 어딘가 안에 갇혀 있는 것으로 느껴졌어요. 그게 관 속이었다는 것을 이제야 알았습니다."

남자는 다시 기침을 하느라 말을 멈췄다.

"너무 속상해하지 마세요. 당신이 죽은 줄 알았을 겁니다. 아마도 혼수상태였겠지요. 지금 중요한 것은 우리 둘 다 밖으로 나가야 한다는 사실입니다."

"제 이름은 안잘리입니다."

"저는 마티아입니다. 들어보세요. 우리는 둘 다 실수로 여기 갇혀 있는데, 지금 상황이 좋아 보이지 않습니다. 우리가 여기서 나갈 수 있는 방법을 찾아내야 하는데, 제 전화기가 먹통이네요. 내일 아침 여섯 시 전에는 아무도 문을 열어주지 않을 거구요."

"아—"

남자가 대답했다. 제대로 설명을 알아들은 것 같지는 않았다. 마티아는 스스로 생각했다.

"음, 관 속에 갇힌 사람이 나였다면 나도 그처럼 혼란스럽겠지."

"여기서, 나갈 수 있을까요?"

"그럼요. 제가 일을 좀 할 동안, 앉아 계세요. 연장이 좀 있기는 한데, 쉽게 조작할 수 없는 문짝들이라서…. 한번 해보죠."

마티아는 문짝 앞으로 바짝 다가가서 문을 열 수 있는 연장을 찾기 위해 연장가방을 살폈다. 휴대전화 배터리가 20% 정도 남았으니, 손전등 불빛도 이제 얼마 못 갈 것이다. 고개를 절레절레 흔들었다. 미칠 지경이었다. 혹시나 메시지를 전달할 수 있을까 하고 동료에게 문자를 보냈다. 그리고 고개를 돌려 소생한 그 남자를 흘깃 보았다. 그는 마티아가 귀신이라도 되는 듯이 바라보고 있었다. 마티아는 미소를 지어 보이고, 다시 일을 시작했다. 문짝과 씨름하며, 죽는 방법도 참 여러 가지라는 것을 깨달았다. 그러나 아직은 때가 아니었다. 다 끝날 때까지는 끝난 것이 아니니까.

2020년 4월 5일

신용카드

"우리 뭐하지?"

"아무것도 하지 마."

이 몇 마디로 모든 일이 시작되었다. 아이다는 브라 팬티 차림으로 해변에 누워서 생각에 잠겼다. 동생이 종종 귀찮게 했다. 하지만 나이가 어린데다 엄마도 안 계시니, 누나의 말을 들을 수밖에 없었다. 징징거리곤 하던 동생은 밖에서 몇 시간 놀고 나서는 어두컴컴한 밤의 공포를 잊었다.

아이다는 울지 않았다. 이상하게도 마음은 텅 비어 있었다. 이미 바이러스 면역항체가 생성되지 않았을까 기대하며 아빠 엄마는 항체 검사를 받으러 가셨다. 아빠는 멀리 떨어져 사는 할머니 할아버지를 뵙고 싶어하였다. 아이다는 가고 싶지 않았지만, 아무도 그녀의 말을 귀담아 듣지 않았다.

바이러스로 모든 것이 중단되자, 바닷가의 별장으로 갔다. 아이다는 그것도 싫었다. 그곳은 독립된 대지에 지은 작은 코티지였다. 인근에는 한여름에만 북적댈 뿐 나머지 기간 동안은 버려진 카니발처럼 슬픈 별장들이 자리하고 있었다. 아이다는 별장이 너무 싫었다. 다른 여자 아이들과 가장 명백히 다른 점이었다.

다른 여자아이들은 밖으로 나가서 즐기는데, 아이다는 아니었다. 그녀의 아버지는 그녀를 보이지 않는 사슬 끝에 단단히 붙잡아 두었다. 그녀는 수년 후 결혼하기 전까지는 자신을 옭아매고 있는 족쇄에서 벗어날 가망이 없었다.

팬데믹 때문에 아이다는 중학교 2학년을 채 마치지 못했다. 그 해를 마지막으로 학창시절은 더 이상 이어지지 못했다. 집에 틀어박혀 결혼생활을 준비하며 지냈다. 그런 생활이 싫어서, 학교교육이 중단된 게 싫어서 울었다. 학교에서는 누구도 감시하는 사람이 없었기에 마음껏 자신을 드러낼 수 있었다. 타고난 작문 실력에 3개 국어를 구사하는 재치만점의 재능 있는 학생이었다. 학교에서는 자신의 본모습을 보여줄 수 있었다. 때로는 남자아이들과 장난도 잘하는 학생이었다. 동급생들은 모두 좀 미숙한 면이 있었다. 그러나 없는 것보다 나았고, 아직 만나보지 못했지만 결혼을 하게 될 미지의 남자보단 나았다.

엄마와 아빠가 어느 날 사라졌다. 낮이 밤이 되고, 밤이 점점 더 깊어가는 걸 보면서, 그녀는 부모님이 돌아오지 않으리라는 걸 깨달았다. 경찰이나 친척한테 전화를 걸 수도 있었고, 혹은 아무것도 안할 수도 있었다. 그녀는 아무것도 하지 않았다. 부모님은 다음날도, 그 다음날도 돌아오지 않았다.

아이다는 요리와 청소를 할 줄 알았다. 아빠의 신용카드가 서랍 속에 있고, 집에서 와이파이가 작동한다는 것도 알았다. 자신에게 필요한 모든 것이 갖추어져 있음을 깨달았다. 그녀는 스스로를 돌볼 수 있는 열세 살 아이였다. 부모님은 자신의 삶에 장애물일 뿐이었다. 자신과 반복적으로 충돌하면서 자신을 패배자로 만드는 존재에 지나지 않았다.

아이다가 어린아이였을 때의 아버지는 자상했다. 사랑스럽게 꼭 안아주고, 어깨에 무등을 태우고 다녔으며, 최고의 장난감을 사주었다. 그런 아빠가 어떻게 자기를 감시하는 감시자로 변할 수 있는 것인지 스스로 수없이 묻고 또 물었다.

"이제는 다 큰 여자네."

엄마는 아이다가 일 년 반 전에 생리를 시작했을 때 그렇게 선언했다. 모든 것이 바뀐 건 그때부터였다. 아이다는 울었고, 자신의 신체가 미웠다.

그러나 이제 평화가 돌아왔다. 하나밖에 없는 컴퓨터를 독차지할 아빠가 안 계셨기 때문에, 매일 아침 학교의 온라인 수업에 참여할 수 있었다. 긴 치마를 무릎 위로 들어 올린 채 자전거를 타고 옆 동네 가게를 다녀올 수도 있었다.

"아빠 신용카드로 결재해도 될까요?"

처음 신용카드를 사용할 때는 먼저 물어봤다. 비밀번호는, 아버지의 어마어마한 자랑거리인 아들이자 상속자인, 동생의 출생년도였다. 어느 날 저녁 식사 때 아빠가 가족들에게 알려줬기 때문에 알고 있었다.

이미 여러 해 동안 아이다와 그 가족을 알고 있는 가게주인은 좋다고 했다. 집으로 돌아온 아이다는 인터넷에서 총 52권이나 되는 책을 구매했다. 여러 해 동안 자신의 뜻대로 구매할 수 없던 책이었다. 그 시절을 보상 받기 위해 책을 구매하면서 다시금 신용카드가 얼마나 중요한지 깨달았다. 그녀는 또한 어린 시절 금서로 정해졌던 책을 몇 권 샀다. 나이가 든 지금도 여전히 읽을 만한 *Charlie and the Chocolate Factory*와 *The Famous Five* 같은 책이었다. 만회해야 될 게 너무 많았다. 주머니에 모조 다이아몬드가 달린 딱 맞는 청바지와 티셔츠도 샀다. 마스크를 쓴 택배기사가 사회적 거리를 유지하기 위해 문 앞에 박스를 두고 갔다. 가슴이 두근거렸다.

박스를 여는 것은 가장 흥분되는 일이었다. 청바지가 나왔다. 드디어 발치에 걸려 넘어지던 긴 치마에서 풀려났다. 거울을 보았다. 오! 자신이 다른 모든 소녀들과 똑 같아 보였다.

하지만 남동생은 문제아가 되어갔다. 모든 것에 대해 끊임없이 투덜댔다.

"누나 밥은 엄마처럼 맛있지 않아!"

동생이 소리쳤다. 저녁 식사 테이블에 앉은 아이다가 한 손엔 포크를 들고, 다른 손으로 책을 읽던 날 밤이었다.

아이다는 책에서 눈을 떼고 동생을 쳐다보았다. 자기가 사랑한 귀여운 남동생도 아버지처럼 감시자로 성장할 위험에 처해 있음을 깨달았다.

"내 요리가 마음에 들지 않으면 네가 직접 할래?"

동생은 믿기지 않는다는 듯이 놀라며 물었다.

"정말? 내가?"

아이다는 미소 지었다.

"직접 해보고 싶니?"

동생은 열정적으로 고개를 끄덕이며 다시 기분이 좋아졌다.

"뭐 만들 거니?"

"버거하고 칩."

아이다는 웃음을 터뜨렸다. 다음날 가게에 가서 햄버거와 칩을 만드는 데 필요한 재료를 사왔다. 동생은 매우 행복해했다. 감시자가 되는 특권을 가지고 태어난다는 것은 또한 많은 것들을 버려야 한다는 의미임을 깨달았다. 우리 둘 다 감시자 대장의 희생자라고 아이다는 생각했다. 둘은 케첩을 입에 찍 뿜어댔다. 엄마는 식당에서나 자신이 너그러움을 느끼는 아주 드문 경우에만 케첩을 허용했다. 두 사람 모두 그날 밤 배가 아팠지만, 침대에 들어서도 웃음을 멈출 수 없었다. 아빠가 항상 세뇌시킨 바에 따르면, 그들이 마신 탄산 콜라 때문이었는지도 모른다.

다음날 아침, 아이다는 둘이 함께 온라인 코스에 등록하기로 결정했다.

"무슨 공부하고 싶니?"

"별들?"

동생이 어깨를 으쓱했다.

"흠. 그렇다면, 별."

아이다가 대답했다. 그녀는 아이들을 위한 천문학 과정을 찾아내 아빠의 신용카드로 비용을 지불했다. 그리고 함께 컴퓨터에 접속했다. 둘은 그날 밤 진짜 별을 보기 위해 바닷가로 나갔다. 하지만 날씨가 꾸물거리기 시작했다. 그래서 다음날엔 폭풍과 대기 현상 강의를 수강할 생각이었다.

"엄마가 보고 싶어."

동생이 말했다.

"나도."

아이다는 자신이 첫 생리를 경험하기 전의 엄마 모습이 어떠했는지를 회상하며 대답했다.

"하지만 우리가 할 수 있는 일은 없어. 오늘 저녁에 뭐 먹을래?"

"아이스크림."

둘은 아이스크림을 먹었다. 그 다음 며칠 동안 그들은 한 가지씩 흥미로운 일을 했다. 한 가지 예를 들면, 아이다는 온라인에 접속해 파란 머리 염료를 구매 신청했다. 며칠 후 염료가 배송되었다. 둘은 거울 앞에 서서, 자기들 머리를 물들인 파란 색조에 감탄하며, 눈물이 나도록 웃었다.

이제 유일한 문제는 할아버지 할머니였다. 아이다는 그들의 전화에 응답하지 않고, 자기 전화를 꺼버렸다. 할아버지 할머니는 조만간 경찰에 전화를 할 것이다. 그들 모두에게 무슨 일이 일어났는지 보려고 결국 누군가가 올 것이다. 그녀는 그 일을 더 이상 생각하지 않으려 했다. 지금 순간의 삶에 집중하기로 했다.

그녀는 초여름 바닷가로 나갔다. 겉옷을 벗어버리고 브라 팬티 차림으로 나섰다. 날아갈 것 같았다. 따뜻한 산들바람이 긴 머리카락을 들어 올려 맨등을 간질이는 것을 느꼈다. 미소를 지었다. 이처럼 해변을 거니는 것은 아름다운 일이었다.

"누나, 저기 봐!"

그리 멀지 않은 백사장을 거니는 누군가를 가리키며 동생이 외쳤다.

"헤이!"

그들이 다가오며 소리쳤다.

"이 근처에 묵고 있니?"

"라벤더 코티지."

그 두 사람이 누군지 기억해내며 아이다가 대답했다. 곱슬머리의 키 큰 소녀는 열네 살쯤 되었고, 야윈 금발 소년은 그녀의 오빠였다. 여름에 시내 어느 커피숍이나 거리에서 그들을 본 적이 있었다. 자신은 허락 받지 못한 삶을 살아가는 사람들을 지켜보는 게 아이다의 일과였다.

"우리는 데이지 코티지에 머물고 있어, 자가격리 기간 동안."

소녀가 대답했다.

"우리도."

아이다가 대답했다.

"그렇군. 우리 함께 시간을 보낼 수도 있겠네."

소년이 말했다.

"야, 좋은 생각이다."

아이다가 대답했다. 그녀는 땅이 꺼지고, 하늘을 나는 것 같았다. 그녀는 이제 누군가의 허락을 구하지 않고도 무언가에 동의를 할 수 있었다.

"내 생일 축하 파티 할까?"

"하지만 누나의…"

동생은 아이다가 조용히 하라고 눈치를 주자 말을 멈췄다.

"다음 주 어때?"

아이다가 계속했다.

"와, 최고다."

소녀가 기뻐 소리쳤다.

그들은 작별인사를 하고 다음날 다시 만나 파티를 계획하기로 했다.

"그런데 누나 생일 다음 주 아니잖아."

집으로 돌아오는 길에 동생이 누나의 말을 반박했다.

"아니긴 뭐가 아니야. 장식품, 풍선, 무엇이든 내가 좋아하는 것 다 살 거야. 폭죽도."

"파티 나팔이랑 파티 모자도?"

"파티에서 볼 수 있는 건 모두. 원한다면 네 파티인 걸로도 해 줄게."

"좋아. 우리에겐 신용카드가 있으니까, 그치?"

"바로 그거야."

아이다가 말했다. 둘은 집을 향해 뛰어갔다. 새로 산 청바지 차림으로. 마음껏 해도 되는 또 다른 한 가지였다.

2020년 4월 6일

이웃

"그 사람 못 참겠어."

나는 친구에게 전화로 얘기했다.

"그 사람이 내는 소릴 들어봐야 돼. 꼭 짐승 같다고."

"뭐야, 규제에도 불구하고 아직도 그렇게 해? 신고하는 게 좋을 것 같은데."

친구가 대답했다. 전화기 너머에서 비명소리가 들리고, 나는 못마땅해 눈을 치떴다.

"미안, 가봐야겠어. 아기가 울고 있어."

친구는 말하고 통화를 끊었다.

우리의 모든 대화는 항상 이렇게 끝난다. 아기가 울면 그녀는 전화를 끊는다. 정말 짜증난다. 그녀는 나와 5분도 통화할 수 없다. 하지만 그녀의 남편은 끊임없이 온라인에 접속해 소셜 미디어를 돌아다니고, 나를 포함한 왓츠앱의 모든 연락처에 바보 같은 영상을 보낼 것이다. 나는 아기를 가진 다른 어떤 친구들보다 그에게서 더 많은 메시지를 받는다. 코로나 바이러스는 아니지만, 모두 똑같은 바이러스에 걸렸다고 생각되는, 복사해서 붙여넣기한 것들이다. 나는 그것을 재생산품이라고 부른다. 생체 시계보다 더 많은 시한폭탄. 나 혼자만이 상처 없이 살아남았다.

"고통스러워."

나는 빈 방을 향해 큰 소리로 말했다.

울고 있는 아기를 앞에 두고 그녀가 마지막으로 한 말이 생각났다.

"왜 그를 신고하지 않니? 맞다. 옆집 짐승은 사회적 거리두기와 사람들을 만나면 안되는 규제에도 불구하고, 틴더에서 여자들을 계속 꼬시고 있는 거다. 그는 내일이 없는 것처럼 성관계를 한다. 어쩌면 그가 맞을지도 모른다. 바이러스가 모두를 멸종시켜 정말로 내일이 없을지도 모르니까. 그러나 내 인생의 마지막 날을 그의 헐떡거리는 소리와 몸이 부딪히는 요란한 찰싹거리는 소리를 들으며 보내고 싶지는 않다.

종이로 된 얇은 벽은 도움이 되지 않는다. 예의바른 영국인들은 민폐를 끼치지 않는다. 그들은 목소리를 낮추고 공손하게 성관계를 나누며(조용히 한다는 뜻이다), 다툼이 있을 때는 등에 조용히 칼을 꽂는다. 그러나 런던에서는 아니다. 다양한 문화와 인종이 섞여 사는 런던에서는 일반적인 영국집의 석고 벽이 최악의 악몽이 된다. 악명 높은 사람들은 이탈리아인, 중국인, 스페인인 그리고 지중해나 아랍 지역에서 온 사람들이다. 그들은 모두 무엇에 홀린 것마냥 소리를 지른다. 내 이웃이 어떤 국적을 가지고 있는지는 모르지만, 그는 확실히 스웨덴이나 일본 사람은 아니다.

그를 신고하기로 결심하고, 경찰에 전화를 걸어 진술했다.

"그가 다른 사람들과 정기적으로 성적인 만남을 하고 있다는 것을 어떻게 확신할 수 있습니까?"

전화를 받고 있는 경찰관이 내게 물었다.

"음, 소리가 들려요."

"볼륨을 높여 포르노를 보고 있는 건 아닙니까?"

좋은 질문이다.

"모르겠어요. 그런데 여자 목소리가 들려요."

"여자 목소리는 포르노에도 나오죠."

"포르노에 대해 많이 알고 있는 것 같네요."

그는 헛기침을 했다.

"사람을 보내서 확인해보겠습니다만, 이웃분이 여느 사람들처럼 견뎌내고 있는 건 아닌지 모르겠습니다."

"정보 감사합니다, 경찰관님."

"아닙니다. 추후에 계속해서 상황을 알려드리겠습니다."

노트북을 펴고 전원을 켰다. 스마트 워크는 대피소에서도 편안하게 지낼 수 있을지 모른다는 환상을 없애주었다. 소음과는 별개의 문제다. 하루종일 재택근무를 할 때 가장 안 좋은 점은 업무가 끝나 컴퓨터 전원을 끈 다음에도, 아무 할 일도 없는 채 여전히 같은 방에 앉아 있는 자신을 발견하는 것이다. 두어 번 술을 마시고 취한 적이 있지만, 팬데믹이 끝나고 여전히 제정신을 유지하고 싶다면 추천할 일은 아니라고 생각한다. 팬데믹이 언젠가는 끝난다면 말이다. 그래서 나는 매일 밤 그저 앉아서 천장을 바라보는 게 일과다. 그리고 먹을 것을 찾아 냉장고로 비틀거리며 걸어갔다가, 영화나 TV 시리즈를 보기 위해 다시 소파로 비틀거리며 돌아온다.

프로덕션 부서에서 보내준 대본을 편집하기 위해 오늘 두 시간 동안 꼼짝없이 앉아 있었다. 그때 우리 집 건물 복도에서 소음이 들렸다. 킥킥거리는 소리가 나고, 벽이 진동할 정도로 문이 닫히는 소리가 들렸다. 얼마 지나지 않아, 가장 가까운 거실 벽을 통해 일련의 소음이 차례로 들려오기 시작했다. 소리를 낮춘 음악, 웃음소리, 낄낄거림, 더 많은 낄낄거림, 숨이 넘어갈 듯한 웃음소리, 훌쩍거림, 신음소리, 간헐적인 헐떡임, 손바닥으로 때리는 소리, 찰싹, 찰싹, 찰싹, 비명소리…. 그러고 나서 초인종이 울렸다.

"경찰입니다. 문 열어보세요."

경찰관의 목소리가 들렸다. 나는 움직이지 않고 서서 무슨 일이 일어나고 있는지 벽을 통해 들어보려고 했다. 어쨌든 경찰은 확인하려고 사람을 보낸다는 약속을 지켰다. 대화 내용은 알아들을 수 없었다. 어렴풋한 목소리만 들렸다. 대화는 몇 분 동안이어졌다. 문이 다시 닫히고, 복도를 따라 발소리가 멀어져 갔다.

도로가 내려다보이는 한 층 아래 창가로 달려갔다. 우리 건물에서 나오는 두 명의 경찰관과 재킷을 여미며 핸드백을 앞뒤로 흔드는 여자가 보였다. 그녀는 경찰차 옆에 멈춰 서서 거친 몸짓과 함께 불평을 쏟아냈다.

초인종 소리가 다시 들렸다. 이번엔 우리 집이다. 이 건물에서는 설탕을 얻고 싶거나 화재가 났다고 알려주려고 사람들이 현관문을 두드릴 때 보통 집에 없는 척하는 경우가 많다. 난 그렇게 행동하는 게 잘 되지 않았다. 기본적으로 의지할 수 있는 화재경보기가 있다. 그리고 설탕이 낯선 사람과의 만남처럼 나쁘다는 것은 누구나 알고 있다(핸드폰을 통한 영상만남은 제외하고).

약간 걱정하면서 자리에서 일어났다. 문을 열었더니 복서 반바지 차림을 한 옆집 짐승이 서 있었다. 오른쪽에 있는 그의 집 문은 열려 있음에 틀림없다. 그의 집에서 들려오는 형편없는 음악과 희미한 냄새를 맡을 수 있었다. 무슨 냄새지? 미트볼? 별로

에로틱한 분위기는 아니다.

"야, 이 나쁜 년아."

와, 인상적인 대화의 시작이다. 부족한 장면의 대본에 써야겠다고 생각했다. 위아래로 그를 훑어보는데, 복서 반바지가 나를 불편하게 했다. 어떻게 표현하면 좋을까. 꽉 달라붙어 있고, 크기가 너무 작은 것 같기도 했다. 정말 정이 안 가는 것은 그의 억양이었다. 분명 영국인이지만 어느 지역 출신이라고 정확히 알 수는 없었다.

"저기요, 지금 무엇 때문에 이러시는지 모르겠는데요."

나는 놀람과 불쾌감을 동시에 느끼는 척하며 말했다. 1미터의 거리는 쿨하게 대처할 수 있는 자신감을 만들어준다. 한 걸음 뒤로 물러나서 다시 한 번 좀 더 자세히 그를 바라본다. 겉모습만 봐서는 사회적으로 소외된 체육시설을 방문한 사람처럼 보인다.

"당신은 내가 무엇 때문에 이러는지 알고 있어. 아무것도 모르는 순진한 여자인 척하지 마."

그가 대답했다.

"당신이 경찰을 불렀잖아!"

"나는 그저 권고 받은 대로 위험하거나 부적절한 상황을 경찰에 알려주었을 뿐이에요."

그를 정정해주었다.

"당신은 내 옆집에 살고 있고, 당신이 바이러스에 감염되면 내가 위험해지죠."

"그럼 난 그냥 몇 달 동안 성생활을 그만해야 하는 건가?"

무슨 일이 일어나고 있는지 모르지만, 우리는 아무 말도 하지 않은 채 서서 서로를 바보처럼 응시했다. 3년 동안 엘리베이터나 복도에서 지나치면서 '안녕하세요' 하는 인사 정도만 나눈 사이였다. 오늘 처음으로 대화를 나눴다.

'아, 저 사람 지금 집을 나가네. 아래층으로 내려갈 때까지 조금 기다려야겠다. 마주쳐서 인사를 해야 하는 어색한 상황을 만들기는 싫으니까.'

지난 3년간의 생각이었다. 인정사정없이 "나쁜 년"으로 시작한 우리의 첫 대화는 이상한 방향으로 흘러갔다. 내가 그 단어에 대해 뭔가 반응하기를 기대하는 것은 분명 아니겠지?

무슨 말을 하려고 입을 열었다가 나는 다시 입을 다물었다. 성스러운 척하는 늙은 소가 되어버릴지도 모르겠다는 생각이 들었다. 이 남자가 섹스를 하다 코로나 바이러스에 걸린들 나하고 무슨 상관일까? 그렇다면 나는 섹스를 한 지 얼마나 됐지? 헤아려 보았다. 너무 오래 전의 일이다. 크리스마스 이전? 너무 취해서 기억이 나지 않는 경험도 포함시킬 수 있을까? 잘 모르겠다. 내가 말할 수 있는 건 독신 생활과 내게 조금이나마 충실한 마음을 주던 첫 남자, 혹은 그에 못지않은 어떤 남자와의 사이에서 몹시 혼란스러워 하고 있다는 것이다. 밉상스런 이웃의 바쁜 성생활을 질투하고 있는지도 모르겠다. 책임지지 않으려 하는 전형적인 남자들과 너무 집착하는 남자들 모두, 오늘날 세상에 존재하는 모든 악과 그를 동일시하는 것일 수도 있다.

예전에는 모듬 초콜릿 상자처럼 남자들을 발견하는 재미가 있었다. 하지만 왠지 몰라도 서른이 된 지금, 초콜릿들은 모두 유통기한이 지난 것 같다. 이제 단지 두세 가지 유형만이 남았다. 육체적 쾌락만을 위한 유형, 결혼을 목표로 하는 유형, 그리고 휴가를 함께 떠날 목적을 가진 유형이다. 성적 능력에는 서너 가지의 타입이 있다. 남성적인 타입, 섹스를 센스 있는 육체의 안무로 받아들이기보다 올림픽 체력운동으로 착각해 콘돔을 착용하고 오랜 시간 쾌락을 즐기는 포르노 배우 타입, 만나는 모두에게 똑같은 장미를 선물하며 귀를 핥는 것이 대담한 전희라고 생각하는 가짜 로맨티스트 타입, 그리고 너무 많은 자세를 요구해 결국에는 당신이 태양의 서커스 출연진과 같은 수준의 신체능력을 갖게 만드는 창의적인 타입.

이웃 남자를 바라보았다. 꽤 섹시하다. 그가 어떤 범주에 속하는지는 잘 모르겠지만, 오랜 시간의 쾌락을 위한 콘돔 타입처럼 보이지는 않았다. 장미도 들고 있지 않았다. 대신 그는 기묘한 표정을 짓고 있었다. 그의 복서 반바지가 계속 나를 불편하게 만들었다. 보지 않으려고 했지만, 그의 부풀어 오른 곳을 힐끗 쳐다보지 않을 수 없었다. 그는 알아차리고 나를 향해 한 걸음 내디뎠다.

"무슨 얘기하고 있었죠?"

우리 사이의 불편한 침묵을 깨기 위해 나는 잠긴 목소리로 아무 말이나 내뱉었다.

"봉쇄령이 끝날 때까지 기다릴 수 없을 것 같군."

그는 위아래로 나를 훑어보며 말했다. 다른 이웃들이 우리를 본다면 뭐라고 말할지 궁금했다. 그는 팔을 들어 문틀에 손을 얹었다. 누가 그 이유를 알겠는가? 그러나 나는 대담하고 창의적인 생각이 들었고(아마도 대본이 너무 따분해서 그런 것 같다), 실생활이 더욱 흥미로워지는 것 같았다.

나는 손을 들어 올려 그의 어깨에 얹었다. 어떻게 될지 궁금했다. 그는 반응하지 않았다. 다른 손을 그의 허리에 얹었다. 그의 피부는 부드러웠고 온기를 느끼기는 어려웠다. 그가 단번에 저체온증에 걸리지는 않겠지만, 몸이 따뜻한 타입은 아니라는 것을 알 수 있었다. 그러나 그의 몸은 겨울철 최적 온도의 라디에이터처럼 멋지고 완벽하게 뜨거워졌다. 나는 한 걸음 앞으로 나아갔다. 나를 쳐다보는 그의 눈에서는 익살스러움이 배어났다. 어쩌면 나의 상상이었는지도 모른다. 웃고 싶어졌다. 웃긴다. 옆집의 밉상스런 짐승도 웃긴다. 다시 한 번 그의 부풀어 오른 곳을 내려다본다.

"이봐요."

나는 그것을 만지며 말했다. 딱딱하다. 내가 지금 뭐하는 거지?

"뭐하는 거요?"

이웃이 나를 안으로 밀어 넣기 전에 묻는다. 뭐, 정확히 말하면 나를 밀어 넣은 건 아니고, 문틀에 대고 있던 손을 내 가슴으로 옮겨 가볍게 눌렀다. 마치 '날 들여보내줘'라고 말하는 것 같았다. 대본에 활용할 수 있는 그의 또 다른 무언의 커뮤니케이션 기술이다.

"음, 당신 한 가지 언어는 엄청 잘하는 것 같네."

옆집 짐승이 지저분할 수도 있지만 그에게서 정말 좋은 향기가 난다고 생각하며 말했다. 나는 정말 냄새에 민감해서 미트볼의 희미한 여운을 머금은 머스크 샤워젤 냄새를 느낄 수 있었다.

"그래서 결국 안전거리는 그렇게 중요하지 않다는 건가?"

그는 눈을 반짝이며 물었다. 그동안 복도에서 잠깐 인사를 나눴을 때는 전혀 알아채지 못했지만, 그는 굵은 좋은 목소리를 가지고 있었다.

"이웃이니까 바이러스가 십 미터 이상 이동하지는 않겠지. 이주 동안 집안에만 있으면 돼."

나는 윙크하며 대답했다. 갑자기 튀어나온 말에 바보 같다는 생각이 들면서도 재미있었다. 그동안 내가 너무 많은 시나리오를 읽었는지도 모른다는 생각이 들었다.

그는 웃었다. 그리고 천천히 키스했다. 음, 부드러운 입술. 나도 그에게 키스했다. 그가 나를 꽉 끌어당겼다. 나도 그를 끌어당겼다. 음, 단단한 엉덩이. 나는 문을 한 발로 차서 닫아버렸다. 우리는 침실로 비틀거리며 들어갔으나, 침대를 놓치고 아무런 물건도 놓이지 않은 2평방미터의 카펫 위에 엉겨서 넘어졌다.

그의 소통은 완벽했다. 그는 내가 마치 한 방울도 놓치고 싶지 않은 오렌지인 양 만지고, 벗기고, 들어올리고, 잡아당기고, 더듬고 키스했다. 우리가 지금까지 3년을 허비하다니 정말 아쉽다. 좀 더 일찍 인사를 할걸. 그가 좀 더 일찍 오늘처럼 복서 반바지를 입은 채, 설탕을 빌려달라던가 불이 났다며 우리 집 문을 두드렸더라면. 아, 그는 자신이 뭘 하는지 알고 있어. 그래, 그는 입으로는 아무 말도 하지 않고 있지만, 모든 것을 말하고 있어. 능숙하다. 그동안 틴더에서의 만남이 설명이 된다. 나는 조용히 하고 싶지만, 쉽지가 않았다. 훌쩍거림, 헐떡임, 낄낄거림, 찰싹, 찰싹, 찰싹, 비명소리, 땡. 땡. 땡. 땡.

"이봐요, 거기! 조용히 좀 해줘요! 우리 아기가 막 잠들었다고요!"

현관문 밖에서 소리치는 목소리가 들렸다. 내 침실 벽 너머에 사는 또 다른 이웃이었다. 나는 웃으며 소리쳤다. 이리 와. 좋은 이웃을 사랑해야지.

2020년 4월 7일

못다한 말

바이러스 증세를 처음 겪었을 때, 브래드는 강제 자가격리에 들어가야 했다. 가벼운 증세였음에도 불구하고 그는 자신이 죽을 거라고 확신했다.

세계보건기구가 제시한 위험요소를 모두 갖추고 있었다. 남성이고, 60세 이상인데다, 흡연 이력이 있으며, 정기적으로 운동을 했고, 어릴 적에 천식을 앓았다.

그는 자신의 증세가 악화되어 언젠가 병원으로 이송될 것을 예상했다. 그때를 대비해 마무리 짓지 못한 일들을 하나둘 정리하기 시작했다. 자식들에게 떠넘기지 않기 위해서였다.

미납된 관리비를 모두 납부하고, 유서를 썼다. 자산이라고는 얼마 되지 않았지만, 1970년대 오리지널 오토바이만큼은 가장 사랑하는 손녀딸에게 물려준다는 내용을 구체적으로 기재했다. 중요한 서류와 문서는 모두 폴더에 넣어 찾기 쉬운 곳에 뒀다. 친구들한테서 빌렸다가 되돌려주지 못한 책은 사과편지와 함께 우편으로 모두 돌려줬다. 컴퓨터와 전화기에 있는 사진은 모두 인화했다. 기기 속에 들어 있는 포르노물과 몇몇 그룹에서 공유했던 나체사진, 옆집 여자가 뒷마당에서 허리를 굽혀 정원을 가꾸고 있을 때 몰래 찍은 사진 등은 모두 삭제했다.

다 마치고 나니 마지막 순간을 대비해 모든 게 제자리를 찾은 것 같았다. 그러던 어느 날 아침이었다. 돌연 그는 식탁에 앉아 펜과 종이를 들고 목록을 작성하기로 했다. 제목을 이렇게 붙였다.

"못다한 말."

기억을 되살리기 위해 인상 찌푸리며 기억나는 모든 걸 적었다. 사람 이름 옆에 하지 못했지만 기회가 되면 하고 싶었던 말을 적었다. 소셜 미디어와 온라인 검색엔진의 도움으로 목록에 적힌 사람들의 연락처를 모두 구했다. 몇 년 전에 사고로 죽은 한 사람을 제외하고는. 그는 때가 되었음을 알았고, 전화를 할 준비가 되었다.

시간 순서대로, 가장 먼저 연락한 상대는 초등학교 동창 토마스 비니였다. 그의 짝꿍이자 옆집 이웃이었고, 한때 가장 친한 친구였다. 소셜 미디어에 의하면 토마스는 지금 뒤셀도르프에 살고 있었다. 그는 유명 의류 브랜드의 매니저로 일하고 있었다. 브래드는 토마스의 집으로 전화를 걸었다.

"브래드 누구?"

수화기 너머로 들리는 목소리가 물었다.

"나야, 브래드. 옛날에 학교 같이 다녔던 친구. 기억나?"

잠시 침묵이 흘렀다.

"아, 그래. 브래드."

몇 초 만에 들려온 대답은 조금 쑥스럽게 들렸다.

"안녕. 생각지도 못했네. 왜 갑자기? 세월이 많이 지났는데. 몇 년 됐더라?"

"수십 년 됐지."

브래드가 대답했다.

"너한테 전화한 이유는 진작 했어야 할 얘기를 해주기 위해서야."

"아."

브래드는 그의 오랜 친구가 혼란스러워하며 전화기를 들고 있는 모습을 상상해봤다.

"미친 소리처럼 들리겠지만, 미해결된 일을 두고 가기 싫어."

그는 말을 이어갔다.

"그게 무슨 말이야?"

"네가 예전에 가지고 놀던 스파이더맨 기억나? 네가 정말 좋아했었는데, 그날 정원에서 사라졌던 거?"

브래드가 설명했다.

"잘 모르겠는데?"

"왜, 이틀이나 펑펑 울었잖아. 슬픔을 가눌 수 없을 정도로."

브래드는 주장했다.

"그래, 어렴풋이 기억난다고 치자."

친구는 인내심이 바닥나는 듯했다.

"그거 네가 잃어버린 거 아니야. 내가 훔쳤어."

브래드는 한숨을 쉬며 자백했다.

"복수심 때문이었는지, 그냥 그 장난감이 좋아서 그랬는지는 기억이 안 나. 기억력이 예전 같지 않아서."

"지금 그 얘기 하려고 나한테 전화한 거야?"

"그것 때문에 우리의 우정이 깨졌지."

브래드가 설명했다.

"죄책감에 견디기 힘들었지만, 그렇다고 내가 그랬다고 솔직히 말할 용기도 없었어. 그래서 너와의 우정을 포기했어. 그해 내 생일 파티에 널 초대하지 않은 이유도 그거였어. 꼭 알려주고 싶어서 전화했어."

"브래드, 8살 때 가지고 놀던 장난감을 기억하는 사람이 어디 있어? 난 네가 누군지도 가물가물하다. 솔직히, 네가 왜 나한테 전화했는지 모르겠다."

수화기 너머의 목소리가 말했다.

"난 너에 대한 좋은 기억이 많아. 그것도 말해주고 싶었어."

브래드가 말했다.

브래드의 어릴 적 친구는 갑작스럽게 전화를 끊었다. 장난 전화라고 생각했는지도 모르겠다. 그래도 브래드는 마음이 한결 가벼워졌다. 목록에 쓴 다음 이름으로 넘어갔다.

"죄송해요, 기억이 안 나네요."

엠마 마이어가 브래드의 설명을 듣고 대답했다.

"얘기를 들으니 좀 불편하네요. 지금 그쪽 페이스북 프로필을 보고 있는데도 누군지 전혀 모르겠어요."

"상관없어요."

브래드 역시 엠마의 페이스북 프로필을 보면서 전화로 대답했다. 그녀는 그대로였다. 세월의 흔적은 있었지만, 여전히 가슴과 헤어스타일과 미소는 똑같았다. 심지어 몸매도, 옛날 브래드가 토요일 밤마다 춤추는 그녀를 멀리서 침 흘리며 바라보던, 그대로였다.

"당신이 나의 첫 짝사랑이었다는 얘기를 하고 싶어서 전화했어. 그때 내 나이 열네 살이었지. 솔직히 말하자면 난 그때 대부분의 시간을 자위하며 보냈는데, 너무 솔직했다면 사과할게. 그런데 그때 당신은 내가 생각했던 여성의 모든 것을 갖추고 있었어."

"가슴 말하는 거야?"

엠마가 웃으며 말했다.

"제정신인지 아닌지 모르겠지만, 마음만 받을게. 솔직히 당신이 누군지 기억이 잘 안 나네. 당신 이름이 브래드라고 했지? 왜 그때 말 안했어? 놓친 기회는 잃은 기회잖아!"

그녀는 다시 웃었다.

"알아, 알아. 그런데 지금의 기회를 빌어서 말하고 싶었어. 그때 하지 못했던 말들 다 들어줘서 고마워. 얘기해서 반가웠어."

세 번째 이름의 전화는 연결이 되지 않았다. 이사를 했거나, 번호를 바꿨나 보다. 네 번째 이름으로 넘어갔다. 이번은 쉬웠다. 상대는 바로 그의 매형이었다.

"브래드! 엄청 반갑다. 어떻게 지내?"

"잘 지내요. 할 얘기가 있어요."

브래드는 대답하고선 머뭇거렸다. 확실치가 않았다, 오래전 그해 여름을 자신이 상상해낸 것은 아닌지. 기억의 장난은 아니었는지. 실수를 하는 건 아닌지.

"말해봐."

매형이 말했다. 브래드는 수화기 너머로 매형의 거친 숨소리를 들었다. 그 순간 기억이 홍수처럼 밀려왔다.

"우리 집에 왔을 때 당신이 했던 행동 정말 싫었어요."

말을 툭 뱉어버렸다.

"극복하는데 몇 년이나 걸렸는데, 당신 근처에 있는 것조차 역겨웠어요. 기억이 너무 고통스러워서 여전히 당신을 피하게 돼요. 지금도 누나의 눈을 바라볼 수가 없게 됐어요. 그때 내가 뭐라고 말이나 행동을 했어야 하는데, 안했죠. 당신이 그 짓을 하도록 그냥 놔뒀어요. 지금도 그게 부끄러워요. 하고 싶은 말은, 당신이 정말 나쁜 놈이라고 늘 생각해왔고, 당신을 경멸한다는 거예요."

"브래드, 내가…"

매형은 말을 더듬었다. 브래드는 전화를 끊어버렸다.

술이 필요했다. 일어나서 보드카 한 잔을 컵에 따르고 단숨에 마셔버렸다. 한 잔 더 따르고 다섯 번째 이름으로 넘어갔다.

"브래드, 정말 당신이야? 세상에, 대체 무슨 일로 전화한 거야?"

그녀의 목소리가 달라져 있었다. 비명보다는 느린 저음의 목소리로 그의 전화를 받았다. 브래드는 그가 잊지 못한 그녀의 이미지와 지금 들리는 목소리가 매치가 잘 안됐다.

"바이러스 때문이야. 모든 게 불확실한 분위기. 집에서 혼자 계속 지내다 보니 생각하게 되더라."

그는 적절한 표현을 찾느라 애쓰며 설명했다.

"우리가 헤어진 후에 내가 얼마나 힘들었는지 당신한테 알려준 적이 없어. 지옥 같았어. 널 잊을 수가 없었어. 당신은 내 인생의 유일한 사랑이었어. 그 얘기를 해주고 싶었어. 당신한테 그 말 안한 채 죽고 싶진 않더라."

"그런데 브래드, 당신이 날 떠났잖아."

그녀가 저음으로 말했다.

"당신이 내 마음을 무너뜨렸지. 그런데 이제 나에게 연락해서 내가 당신의 유일한 사랑이었다니. 농담이라면, 하나도 웃기지가 않네."

"아니, 아니, 농담 아니야. 제발 들어줘, 내 얘기."

브래드는 애원했다. 이렇게 전화를 끊고 싶진 않았다. 그녀의 목소리만 들어도 스무 살이 갓 넘었던 황홀했던 그 시절로 돌아가는 듯했다. 아무리 변했다 한들 여전히 찌릿찌릿한 느낌이 온몸에 퍼지는 게 느껴졌다.

"항상 당신을 사랑했어. 내 행동에 대해 사과할게. 정착하기엔 내가 너무 어리다고 생각했어. 난 새로운 경험을 해보고 싶었어. 당신은 정말 헌신적이었지. 정말 어른스러웠어. 내가 틀렸어. 나중에서야 알았지만 당신한테 느꼈던 감정을 그 누구한테서도 느낄 수가 없었어."

숨죽여 침을 꼴깍 삼키는 소리가 들렸다.

"내가 무슨 말을 해주길 원해?"

"잘 모르겠어."

그가 대답했다.

"사실 이 팬데믹이 내 인생을 찬찬히 되돌아보게 만드네. 생각지도 못한 방법으로. 그런데 내 삶에서 잃은 것 중 가장 아쉬운 게 바로 당신이었어."

"브래드, 이미 다 지난 일이야."

그녀가 말했다.

"아니야, 분명 아니야. 내 목소리 다시 들으니 어떤지만 알려줘."

그가 말했다.

그녀는 한숨을 쉬었다.

"전화로 이러고 싶지 않아."

"내가 내 마음을 표현하지 않는다고 당신이 얼마나 화를 냈던지 기억나?"

"응, 나중엔 당신이 나한테 마음이 없어서 표현을 안한다는 결론을 내렸어. 그리고 극복했어. 때론 내가 사랑하는 사람이 날 사랑하지 않을 수 있으니까."

"그런 거 아니었어. 그때 나한테 다른 문제들이 많았어. 그런데 그때 하지 못한 말을 지금은 당신이 들었으면 좋겠어. 당신을 사랑했어. 지금도 그런 것 같아. 측량할 수 없는 소중한 가치의 무언가를 영영 잃었을 때 느끼는 것처럼 당신을 사랑해, 영원히. 난 당신을 인생 그 자체보다도 사랑해. 당신을 향한 사랑이 곧 나란 사람을 만들었지."

브래드가 설명했다. 그녀는 잠시 침묵했다.

"브래드, 뭐라고 말을 해야 할지 모르겠어. 팬데믹이 끝나면, 직접 만나서 얘기해보는 것도 한 방법이겠다. 전화로 이렇게 당

신의 얘기를 들으니 속상해. 당신을 믿어야 할지 말아야 할지조
차 모르겠어. 얼굴을 못 보니, 어렵네."

"이해해."

그가 대답했다.

둘은 팬데믹이 지나고 나면 만나기로 했다. 비행기를 타고 그
녀가 있는 곳으로 갈 것이다. 그래, 그게 가장 좋겠다. 브래드는
통화를 마쳤다. 열이 나는 것인지, 감정이 북받치는 것인지 분간
이 안됐다. 몇 번 헛기침을 했다. 그리고 미소를 지었다. 그녀가
다시 만나준다니, 그녀의 그 대답만이 중요했다. 여섯 번째 이름
으로 넘어갔다.

2020년 4월 8일

일곱 단계

일곱 개의 단계가 있다.

"일어나세요, 여기서 주무시면 안돼요."

1단계는 '우울증에 빠질 때'이다.

"저랑 같이 가세요. 보호소에 데려다 드릴게요. 비 오잖아요. 밖에서 이러고 계시면 폐렴 걸려요."

폐렴. 그 낱말 하나에 정신이 번쩍 든다. 지난 몇 주, 아니 몇 달 혹은 몇 년 동안 흐릿한 정신으로 지냈다. 유니폼 차림의 젊은 남자를 바라본다. 날 체포하려는 건가? 아니지, 보호소 얘기를 한 거 같다. 폐렴 얘기도 했고, 폐렴. 내 아내가 사망한 이유를 알고나 한 소리일까? 말해주려고 입을 여는 순간, 그가 나를 팔꿈치로 캐노피 지붕 아래로 민다. 동시에 두 가지 일은 하기 어렵다. 말하는 거랑, 발걸음을 옮기는 거랑.

"왜 빗속에서 이러고 계세요? 신분증 있으세요?"

일곱 단계의 첫 번째는 우울증이다. 누가 알았겠는가. 난 우울증에 걸릴 만한 사람이 아니다. 난 아니다. 난 발랄한 사람이다… 대체로.

"아내가 하늘나라로 갔어요."

난 말한다. 신분증을 찾는 내 손은 고무 같다. 미끄럽고 끈적인다. 손가락을 펴도 재킷의 천이 느껴지지 않는다.

"안됐네요. 자, 어서 따라오세요. 보호소에 데려다드릴게요."

가기 싫다. 가면 거기서 분명히 바이러스에 감염될 거다. 아니면 바이러스가 다 지나갔나? 기억이 나질 않는다. 젊은 남자가 날 끌고 간다. 내 뇌가… 무언가에 반응하도록 더 이상 분명한 지시를 못한다. 그녀를 잃은 후 '우울증에 빠진' 다음부터다. 이렇게 되어가는 줄도 몰랐다. 분명 내 인생을 살고 있었는데, 이젠 아니다. 사는 게 사는 게 아니다. 존재는 하는데, 마치 바위에 붙어 있는 검고 일그러지고 썩은 홍합처럼 더 이상 의식조차 못한다. 죽음의 냄새 혹은 썩어가지만 죽지는 않는 비인생의 냄새를 달고 살게 된다.

"어떻게 된 거예요?"

젊은 남자는 그가 일하는 기관의 차량에 나를 태우며 묻는다. 자주 듣는 질문이 아니다. 어떻게 대답을 해야 할지, 일곱 단계 얘기를 할 수 있을지 모르겠다.

"직장을 잃었어요."

나는 중얼댄다.

그게 2단계다. '직장을 잃는다.'

아침에 마신 맥주가 날 트림하게 만든다. 해버린다. 더럽지만 이젠 신경도 안 쓴다.

"안됐네요."

그가 말한다. 직장을 잃은 건 우울증이 아니라 바이러스 때문이었다. 많은 사람들이 직장을 잃었다. 멍청한 놈들이 모든 걸 봉쇄했다. 몇 달 동안 일하지 않고 집에만 있어도 될 정도로 은행 잔고가 두둑할 거라고 생각한 것마냥. 그 기간 내내 난 빨리 모든 곳이 문을 열길 바랐다. 하지만 빨리 돌아가는 건 시간뿐이었다. 하루가 일주일이 되고, 몇 달이 되고, 아무것도 없는 상태가 끝없이 이어졌다.

토할 거 같다. 젊은 남자가 난폭하게 운전한다. 한때 난 운전 강사였다. 팬데믹 기간 동안 누가 운전면허를 필요로 하겠는가. 어차피 아무 데도 못 가는데. 아무도 필요로 하지 않았다. 운전 연습장이 문을 닫았다. 셔터를 내렸다. 완전히 폐업해버렸다.

"내가 심사위원이었으면 넌 운전시험 탈락이야."

나는 또 중얼거리며 트림을 한다. 내가 한 말을 듣지 못한 그

는 라디오를 틀고 악취를 날려 보내기 위해 창문을 연다. 내 악
취.

"나였으면 넌 탈락이야. 거지같이 운전하네. 신호위반도 하고,
미친."

"뭐라고 하셨어요?"

3단계. '모아둔 돈을 모두 쓴다.'

우리에겐 비상금이 있었다. 모든 곳이 다시 문 열기를 바랐고,
끝없는 나날이 제발 끝나길 바랐다. 겨울 만큼 고통을 겪었다.
쌀과 우유, 그리고 가끔 계란을 먹었다. 전기 대신 양초를 썼다.
냉장고 전원을 끄고, 우유는 발코니에 뒀다. 한 번은 상했는데도
몰랐다. 이미 우울증에 빠져 있었기 때문이다. 속이 완전히 텅
빌 때까지 토했다. 차를 팔았다. 기타, 책, 의자, 오븐도 팔았다.
반쯤 빈 집에서, 죽은 지 얼마 안된 아내의 그림자와 함께 살았
다. 내 그림자는 그렇게도 내가 가는 곳마다 쫓아다니며 날 고
문시켰다.

"거의 다 왔어요."

젊은 남자가 말한다.

"그러거나 말거나."

난 중얼댄다. 눈을 감는다. 머리가 핑 돈다. 코너를 돌 때마다
텅 빈 손인형처럼 난 좌석 아래로 쭉 미끄러진다. 술이 필요하
다. 술기운이 떨어지고 있다. 보호소에 들어가면 술을 못 마시게

할 거다. 금주모임 같은 데 다시 들고 싶지 않다, 짜증날 뿐이다.

4단계는 '알코올'이다. 마신다. 마시지 않으면, 주변의 모든 것들이 나의 속을 무너뜨린다. 술로 그걸 삭히려는 몸부림이다. 나 자신 외엔 그 무엇도 나를 해치지 못하도록 마신다. 넘어져서 머리를 부딪혔다. 하루 아니면 이틀쯤 지나서 보니, 머리엔 혹이 생겼고, 상처가 있었다. 그리고 바닥엔 피가 보였다. 닦지 않았다.

그런데 술을 마시려면 돈이 필요하다. 그래서 수단방법 가리지 않고 돈을 빌리게 된다.

5단계가 되면 친구, 이웃, 은행 모두에게 '빚'을 진다. 모두에게 손을 내민다. 난 정부가 시행하는 바이러스 검사를 받았는데, 그때도 술기운으로 버텼다. 그 무렵에는 빵과 땅콩버터로 견디며 지냈다. 이빨이 두 개 빠졌다는 걸 거울을 보고야 알았다. 어디로 갔는지, 잠결에 먹어버렸는지, 끝내 찾지 못했다.

"다 왔네요."

젊은 남자가 말하면서 차를 세운다. 차 문을 연다. 난 도주할 준비를 했다.

"여기서 깨끗하게 샤워도 할 수 있고요, 이발도 해드릴게요. 수염도 깎아드리고. 그 다음에 심리상담사랑 얘기 한번 해보시죠. 직업을 구하도록 도와드릴 수도 있어요. 하고 싶은 거 있어요?"

"다시 젊어지고 싶네요. 너무 어린 건 싫고, 바이러스 이전으로. 도망 갈 수 있는 그때로 돌아가고 싶네요. 아내가 늘 가고 싶어하던 그 섬으로. 이름이 뭐였더라. 거기로 같이 도망가서 팬데믹이 끝날 때까지, 아내의 목숨을 앗아간 그 망할 놈의 바이러스로부터 떨어져서, 세상과 동떨어져 지내고 싶네요.

도망갈 힘이 없다. 젊은 남자는 계속 나의 팔꿈치를 민다. 어느 방으로 밀어 넣는다. 간호사처럼 생긴 사람이 들어온다. 나는 비명을 지르며 손으로 얼굴을 가린다. 저리 가! 저리 가!!

"속상해 하지 마세요."

간호사가 말한다. 바이러스를 차단하기 위해 무장한 복장이다. 장갑, 앞치마, 머리 보호캡, 안경, 마스크. 이번에는 바이러스가 나다.

"아프게 하지 않을 거예요. 이 분도 코로나 부랑자예요?"

젊은 남자에게 물어보지만, 그는 어깨만 들썩이고 나가버린다.

아무것도, 아무것도, 아무것도. 아무것도 안 보이고, 아무것도 들리지 않는다. 종종 있는 일이다. 알코올 때문에 필름이 끊긴다. 가끔은 어딘가에 도착하는데, 그곳이 어디인지, 어떻게 갔는지 전혀 기억이 나질 않는다. 지금 나는 깨끗한 옷을 입고 있다. 나한테서 샴푸 냄새가 나고, 가위 소리가 들린다. 필름이 또 끊긴다. 이젠 다른 방에 앉아 있다. 내 앞에 어떤 여성이 앉아 있다. 왠지 마음에 안 든다. 내가 잃은 내 여자가 아닌 여자는 다 싫다. 몸이 안 좋다. 술이 필요하다. 입이 바짝 마른다.

"6단계!"

난 갑자기 소리를 지른다. 납부를 멈추었던 관리비, 월세, 세금에 이자까지 붙여서 지불하게 된다. 사람들이 찾아와서 문을 쾅쾅 두드리고, 집에서 쫓아낸다. 이미 죽은 상태, 아니 살고 있지 않는 상태라 해도, 전기가 이미 끊겼어도, 존엄성을 잃었어도 다 소용없다.

"무슨 말이죠?"

여성이 묻는다. 종이 몇 장을 들고 있다. 몇십 년 전의 내 사진을 들고 있는 게 보인다. 바이러스 이전의 나다. 1단계가 시작되기 전의 나.

"자비에르 씨, 저희가 도와드릴게요."

여성이 내게 말한다.

"일곱 단계뿐이라고요. 아시겠어요?"

나는 중얼거린다. 손으로 얼굴을 가린다. 믿기 힘들겠지, 지금 내가 말하는 걸 믿기 힘들겠지. 저 일곱 단계를 밟는 게 얼마나 쉬운지 믿기 힘들겠지. 당신은 아니겠지. 전혀 아니겠지. 당신이라면 마지막 단계까진 가지 않겠지.

"부랑자."

나는 말한다.

"노숙자라는 말씀인가요, 자비에르 씨?"

여성이 내게 묻는다.

"그건 이미 알고 있습니다. 그래서 이곳에 와 있는 거죠. 그런데 우선…"

여성은 계속 말한다. 익숙한 장면이다. 데자뷰인가 싶다. 아무 것도, 아무것도, 아무것도 기억이 없다. 바깥이다, 벤치에 앉아 있다. 어떻게 여기까지 왔지? 주머니를 뒤진다. 신분증이 없다. 보호소에 놓고 왔나? 모르겠다. 상관없다. 지나가던 사람이 동 전을 몇 개 던져준다. 나는 중얼거리며 고맙다고 한다.

일어난다. 내가 어딜 가는지 안다. 비록 노숙자이고, 희망도 정신도 없지만. 4단계로 가서 술을 마신다. 마시지 않으면 주변 의 모든 것들이 나의 내면을 무너뜨리기 때문이다.

2020년 4월 9일

작가

유명 작가가 실성해서 이웃을 총으로 쏜다.

유명 작가가 실성해서 자신을 총으로 쏜다.

유명 작가가 실성해서 자신의 책에 불을 붙여 도서관을 불태운다.

유명 작가가 실성해서 자가격리 규칙을 위반하고, 길거리를 나체로 뛰어다닌다.

어떤 게 제일 좋을까?

그가 생각하는 주인공은 유명한 작가, 그러니까 자기 자신이다. 그리고 주인공이 실성한다는 충격적인 내용이다. 너무 오랫동안 강제 자가격리를 해서 미쳐가는 설정이다. 신문기자들에게

"자가격리는 예술가들에게 최고다. 더 이상 대중 앞에 나서거나 책 사인회 같은 홍보성 이벤트를 안해도 되니, 오로지 글쓰기에 집중할 수 있는 자유로움을 얻게 된다"고 말한 뒤 미쳐간다.

유명 작가는 실성해서 유튜브를 통해 작품들을 읽는다. 뒤에서부터 거꾸로, 맨 마지막부터 책의 도입부까지 읽는다. 그의 100만 팔로워들은 제대로 된 순서보다 이런 방식이 이해하기 더 쉽다고 느낀다.

대망의 결말이 뭘까?

그때 전화벨 소리가 울렸다. 유명 작가는 콧방귀를 꿔었다. 생각에 골몰해 있을 때 방해받는 건 정말 싫었다. 출판사였다.

"그래서, 다 썼어요? 편집팀이 대기 중이에요."

그가 말했다.

"거의요. 충격 요소만 가미하면 준비됩니다."

"도와드릴까요? 지금까지 쓴 걸 내가 한번 읽어보면 어떨까요?"

"절대 안돼요. 그럼 또 틀에 박힌, 대중을 위한 진부한 작품이 될 거예요."

"그런 작품 덕분에 당신이 베스트셀러 작가가 된 겁니다. 내가 당신을 만들었죠."

"신의 목소리를 듣는 거 같네요."

"그래요. 내가 당신의 개인 맞춤 신이죠."

편집장은 크게 웃었지만, 작가는 그가 진심이라는 걸 알았다. 유명 작가는 그의 성공 뒤에는 이 남자가 있다는 걸 누구보다 잘 알고 있었다. 언젠가 출세하려는 작가들을 대상으로 만든 홈페이지에서 읽은 문구가 생각났다.

"글 좀 쓴다고 생각하세요? 그런 거엔 아무도 관심 없습니다."

그땐 비웃었는데, 사실이었다. 인터뷰에선 "그건 사실과 거리가 멀다. 재능이 전부다. 글을 잘 쓰는 게 우선이어야 하고, 나머지는 홍보"라고 말했지만, 모두 거짓말이었다.

"바이러스 단편 모음집이 성공하려면, 최대한 빨리 출판하는 방법밖에 없어요."

편집장은 시끄럽게 뭔가를 씹으며 말했다.

"비슷한 작업은 대형 출판사 두 곳과 작은 출판사 한 곳에서 작업 중이라는 소문을 들었어요. 우리가 가장 빨라야 합니다."

"실력으로 승부할 순 없나요?"

편집장은 끙 앓는 소리를 냈다.

"당신의 우상 찰스 디킨스도 신문 연재물을 위해 그렇게 하지 않았습니까? 잊은 건 아니겠죠? 요즘은 대학에서 틀에 박힌 작가들을 생산해냅니다. 그 당시엔 디킨스처럼 먹고 살기 위해 글을 신문사에 팔아넘겼죠. 당신이 처음이 아니라는 말을 하고 싶은 겁니다. 마감까지 두 시간 드릴게요."

그러곤 전화를 끊었다.

유명 작가가 실성해서 침대에 누운 편집장을 죽인다.

단편을 쓰는 게 뭐 그리 어려운 일이겠는가? 벌써 27개나 써서 편집장에게 넘겼고, 그의 리뷰와 수정을 거쳤다. 작가의 일은 그저 아이디어를 내고, 이름을 내세우는 것뿐.

유명 작가가 아이디어가 소진되어 실성한다.

4주 간의 격리 생활, 하루에 한 편의 단편. 대체 왜 이런 걸 하기로 했을까? 다른 사람들처럼 평범하게 지루한 나날을 보냈으면 안됐을까? 인정해라, 스스로에게 말했다. 이번 작업은 좀 쉬울 줄 알았다. 지난 몇 년간 넘쳐나던 범죄물 도서며 텔레비전 드라마나 마찬가지로 얼간이 탐정이 등장하는 탐정소설을 쏟아내야 하는 부담에서 벗어나 좀 쉴 수 있다고 생각했다.

"그런데 당신의 단편은 예상치 못한 반전이 있을 겁니다."

전에 편집장이 말했다.

"낮에는 탐정, 밤에는 여장 남자! 상상이 가나요? 최신 범죄물!"

급진적이다. 비평가들의 평에 의하면 그랬다. 한 가지 문제라면, 책을 텔레비전 드라마로 각색하면서 여장 남자가 우버 드라이버가 된 점이다. 그를 반철학적인 하소연을 승객들에게 강요하는, 모험을 찾아 도시로 온 젊은 여성들을 겁탈하는 사람으로 바꿔놓았다.

유명 작가는 몹시 못마땅했다. 본인의 통장 잔액이 급속도로 불어나는 것을 보기 전까진 말이다. 유럽 전역에서 해당 시리즈의 로열티를 어마어마하게 받았다. 그는 마이애미에 저택을 샀으며, 작가생활의 고비를 넘길 수 있었다.

"하루에 한 편, 단편 작가 존 치버 스타일로!"

편집장은 봉쇄령이 내려지자마자 작가에게 말했다.

"이제껏 쓴 작품보다 훨씬 성공적인 작품이 될 거예요. 최대한 빨리, 유명한 토크쇼에 다 출연하게 해줄게요."

"치버요?"

"있어요, 그런 사람. 나중에 작품 모음집 이메일로 보내줄게요. 일단 글부터 쓰세요, 하루에 한 편씩. 아시겠죠?"

작가는 시키는 대로 했다. 초반에 쓴 단편들은 뉴스에서 들은 내용이나 온라인으로 읽은 내용을 바탕으로, 사람들이 코로나 바이러스에 반응하는 내용을 토대로 썼다. 미래의 디스토피아적인 시나리오를 상상해보기도 했고, 현재의 역설적인 상황을 상상해보기도 했다. 그 밖의 인생의 면면을 드라마와 코미디, 심지어 버지니아 울프의 〈댈러웨이 부인〉까지 인용하며 썼다.

"다 쓸데기없네."

편집장은 네 번째 단편을 읽은 후 이렇게 말했다.

"이봐요, 내가 제목들을 써서 보내줄게요. 영혼을 찾아 나선다는 둥 멍청한 소리 그만두고, 독자들이 원하는 건 위안이에요. 모든 게 괜찮아질 거라는 걸 듣고 싶은 거라고요."

"단편을 통해서요? 바이러스 보고서도 아니고."

"그냥 내가 시키는 대로 하세요. 파일 보내드릴게요. 나중에 봐요."

유명 작가는 실성한다. 그리고 그가 유명한 상을 수상하게 된 책이 실은 편집장의 작품이었다고 미디어에 실토한다. 하하, 유명 작가는 실성해서 웃음을 멈추지 못한다.

그는 일어나서 자신의 침실로 들어갔다. 침실까지 가자면 방 10개를 지나야 했다. 이렇게 넓은 공간을 혼자 쓰는 작가에게 자가격리는 큰 불편이 아니었다. 그러나 신문 인터뷰에서는 이렇게 말했다.

"없이 사는 삶에 익숙해져야 합니다. 우린 모두 한 배를 타고 있습니다."

실상 작가의 배는 초대형 호화 요트이고, 다른 사람들의 배는 2인용 소형 보트인데도, 하하.

비밀 벽장의 문을 열었다. 그 안에 작가는 기념품과 일기장, 사진, 절대 남에게 넘길 수 없는 물건들을 넣어두었다. 바닥에는 그가 받은 상들이 널브러져 있었다. 가장 위에 있는 상자를 꺼냈다. '탐정 키트'라고 쓰인 상자. 시리즈의 첫 번째 책을 쓸 당시에 그는 순진하게 탐정을 이해하기 위한 물품을 수집해놓았다. 그때 초안을 읽은 편집장이 말했다.

"대체 이 바보 같은 목소리들은 다 뭐예요? 캐릭터에 몰입하기가 그렇게 힘들어요? 젠장, 당신의 그 자아 나부랭이 때문에 스토리가 죽잖아요. 이 책은 당신 얘기가 아니라고요. 나, 나, 나라는 당신 목소리가 바다에서 들리는 뱃고동보다 요란하게 들리네요. 다시 쓰세요, 처음부터 끝까지."

그때 모았던 소품들은 '무대 뒤로' 버려야 했다. 상자 안에는 치마와 금발 가발, 장갑, 하이힐이 들어 있었다. 여장 남자 탐정을 이해하기 위한 물건들. 처음으로 작가는 그 옷을 직접 입고, 거울을 봤다. 아하, 그제야 몰입이 됐다. 그 다음엔 상자 안에 있는 화장품을 꺼내(그렇다, 화장품도 샀다) 얼굴을 한껏 치장했다. 화장하는 법을 알고 있었다. 배운 적이 있다. 어떻게 배웠는지는 중요하지 않다. 신문사에는 농담 삼아 해봤다고 하면 그만이다.

유명 작가가 실성해서 옥상에서 여장을 하고 쇼를 한다. 예쁘장한 여자, 또는 남자. 우파 독자들은 실망할 게 뻔하다. 종교적인 색깔이 강한 단체도. 어떤 단체든 우파는 다 실망하겠지. 성소수자도 싫어할 것 같다. 작가 마음대로 여장 남자의 모습을 도용해서든, 멍청한 고정관념을 퍼뜨려서든 이러나저러나.

꽉 끼는 치마와 하이힐 차림에도 불구하고 작가는 대형 스피커를 들고 옥상으로 올라가 선을 연결한다. 지금이야 작가지만, 소싯적에는 리조트 오락팀원이었다. 그때 배운 것 몇 가지는 지금도 생생하다.

다른 사람들도 발코니로 나오거나 창가에 서서 박수치며 노래 부를 시간이 되자, 그는 버튼을 누른다. 엄청나게 큰 소리로 음악이 흘러나온다. 그는 모두가 볼 수 있는 위치에 당당히 서 있다. 여장한 자신에게 어떤 이름을 지어줄까? 발키리를 평소에 참 좋아했다. 애국가 전체를 다 립싱크한 다음에 노래방 단골 노래로 넘어간다. I Will Survive, The Show Must Go On, SOS⋯. 다른 건물에서 그를 바라보는 사람들의 눈빛이 느껴진다. 그가 누군지 저들은 알까? 몇몇은 전화기로 동영상을 찍고 있다. 영상이 온라인상에 돌기 시작하면 그땐 사람들이 알아보겠지. 이 얘기를 써 내려가면 편집장은 또 퇴짜를 놓을 것이고, 그는 다시 유명 작가로 돌아가야 할 것이다. 늘 그런 식 아닌가?

유명 작가는 세상을 향해 립싱크를 하며, 은행 통장 잔고를 생각한다. 그에게 그나마 진정한 기쁨을 주는 유일한 것.

2020년 4월 10일

모든 게
괜찮아질 거야

"모든 게 괜찮아질 거야!"

어린 여자아이가 분노에 가득 찬 눈으로 소리쳤다.

"네 엄마한테, 모든 게 괜찮아질 거야!"

같이 놀던 남자아이도 소리를 질렀다. 그는 겨드랑이 아래 공을 들고 있었다.

벤치에 앉아 있던 선생님이 벌떡 일어나, 남자아이에게 다가가더니 한 대 때렸다.

"욕 금지!"

선생님이 말했다.

"쟤가 먼저 시작했단 말이에요!"

선생님은 여자아이에게 다가가서 마찬가지로 한 대 때렸다. 규칙은 명백했다. 이젠 아이들을 때리는 게 허용됐다. 몇 년 전에 금지령이 풀렸다. 그러나 간격을 두고 때려야 했고, 아이들을 골고루 때려야 했다. 그래야 성 차별, 인종 차별, 사회계층 차별이라는 학부모의 불평을 막을 수 있었다. 애들을 모두 공평하게 때리면 학교에서도 사회에서도 큰 논란이 되지 않았다.

선생님은 두 아이를 고위 리더십 팀 구역으로 끌고 갔다. 남자 교장선생님과 여자 교장선생님이 나란히 창가 옆 책상에 앉아 있었다.

"이젠 무슨 일이지?"

두 교장선생님이 동시에 말했다. 요즘 교장들에게 흔히 나타나는 증상 때문에 둘은 치료 중이었다. 한동안 함께 일을 하다 보니, 공동교장들은 생각하고 말하는 게 똑같아졌다. 점점 관료화되는 제도의 반복성으로 인해 종종 자동으로 대답하게 되었으며, 대체로 말수가 적어졌다.

"심각한 비속어를 사용했습니다."

두 아이를 책상 앞에 세워둔 채 선생님이 설명했다.

"앉아요,"

두 교장은 또 동시에 말했다. 천둥 같은 표정을 한 두 아이는 시키는 대로 했다.

"우리 학교에 비속어 사용을 엄격히 금지하는 규칙이 있다는 걸 알 텐데."

한목소리로 두 교장이 말했다.

"제가 한 말이 그렇게 나쁜 말은 아니에요."

여학생이 반항적으로 말을 툭 꺼냈다.

"봄박스 자식이나 동성애 혐오자 같은 말도 아니잖아요."

"뭐라고 했기에 선생님이 이렇게 화가 난 거지?"

여자 교장선생님이 물었다.

"모든 게 괜찮아질 거야."

남학생은 시선을 아래로 향하며 얼버무렸다.

"그럼 너희 부모님에게 연락을 해도 되겠구나."

남자 교장선생님이 말했다.

"네가 '모든 게 괜찮아질 거야'라고 말했는데도 부모님이 화를 안 내시고, 비속어라고 생각하지 않을 거라고 자신할 수 있니?"

여학생은 아무 말도 못한 채 입술을 깨물며 걱정스런 표정을 지었다.

"우리 엄마는 항상 화나 있는 걸요, 뭘."

남학생이 슬픈 표정으로 말했다.

"그런데 '모든 게 괜찮아질 거야'가 진짜 무슨 뜻이에요?"

호기심을 감출 수 없는 여학생이 물었다.

"왜 말하면 안되는 거예요?"

"그 말의 뜻은 상대방에게 아주 나쁜 일이 일어나길 바란다는 저주야."

여자 교장선생님이 참지 못하고 대답했다.

"그 뜻은 모두가 다 알고 있을 텐데. 그러니 너도 화가 나서 한 말 아니니."

"그건 알아요, 그런데 제 질문에 대답해주지 않으셨어요."

여학생은 고집을 부리며 다시 물었다.

"진짜 뜻하는 게 뭐예요?"

"잘 들어라, 이렇게 하도록 하자."

남자 교장선생님은 다소 놀란 듯했다.

"서로를 비난했으니 벌로 너희가 각자 그 말의 뜻을 설명하도록 해라. 이 말의 어원 보고서를 작성해서 월요일 아침까지 우리 책상 위에 올려 놓거라."

"악…"

두 학생은 투덜대며 눈을 굴렸다.

"울트라넷에서 검색하면 되죠, 뭐!"

여학생이 말했다.

"마음대로 해라."

교장선생님 둘이 동시에 대답했다.

"이제 교실로 돌아가렴."

여학생은 화가 치밀어 올랐다. 책상으로 돌아와, 같은 반 친구들에게 암호화된 이심전심 멘탈 메시지를 보냈다. '모든 게 다 괜찮아질 거야, 아가….' 그러자 애들끼리 이심전심으로 마구 외치기 시작했다. 남성우월주의자, 탈세자, 인스타-인플루언서, 엄마가 핑크색 입으니 예쁘네, 자본주의 중독자, 돌대가리.

"미리엄, 당장 멈추지 못하겠니?"

선생님은 멘탈 메시지가 오고 간다는 걸 알아챘다, 암호는 풀지 못했지만.

"왜 나쁜 말은 나쁜 말이에요?"

여학생이 당당하게 물었다.

"왜 누군가를 '가슴성형'이라고 부르는 게 모욕적이에요?"

선생님은 여학생을 빤히 쳐다봤다. 미리엄의 말을 조만간 '과잉지능조사단'에 보고해야 할 상황이었다. 교육자들에게 주어지는 매뉴얼에 없는 질문을 아이가 계속했다.

대답은 하기로 했다. 그렇지 않으면 미리엄이 조용히 있을 거 같지 않았고, 그럼 수업을 진행할 수가 없을 것이다.

"나쁜 말들은 역사에서 그 유래를 찾을 수 있지."

선생님은 설명했다.

"과거 사건들, 오래 전 금기시되던 것들이 오늘날 부적절한 말이 된 거지. 예를 들면 옛날에는 'bully'라는 단어가 '사랑스러운 사람'한테 하는 말이었단다. 하지만 그 의미가 변질되면서 수백 년이 지나서는 '약자를 괴롭히는 사람'을 뜻하게 됐지."

"그럼 오늘날 우리가 알고 있는 나쁜 말들은 원래 무슨 뜻이 었어요?"

미리엄은 계속해서 물었다. 선생님은 미리엄의 꿍꿍이를 알아 차렸다. 비속어 얘기를 꺼내서 수업을 위한다는 명목 아래 모든 아이들이 욕을 해도 되게끔 하려는 것이었다. 이 아이가 존경스 러웠다. 똑똑한 아이였다. 그래서 아마 장래는 밝지 못할 것이다. 선생님은 미소를 지었다.

"특별히 알고 싶은 단어가 있는 거니?"

선생님이 물었다.

"네. '모든 게 괜찮아질 거야' 그 말은 왜 하면 안되는 거예요?"

미리엄이 대답했다.

"아주아주 오래 전, 'bully'라는 단어가 나쁜 단어가 된 후, 팬 데믹이 퍼졌단다. 수백만 명이 치명적인 바이러스에 걸렸지."

"와-. 작년에 말들을 다 죽인 것처럼요?"

한 학생이 감탄하며 물었다.

"맞아."

선생님이 대답했다.

"그래서 이젠 말들이 멸종 위기 동물이 됐지. 바이러스가 얼 마나 위험한지 알겠지?"

"그거랑 제가 한 욕이랑 관련이 있다고요?"

미리엄이 어리둥절해하며 선생님이 자신의 질문에 대답하길 기다렸다.

"그 팬데믹 기간 동안 사람들은 서로에게 '모든 게 괜찮아질 거예요' 하고 말했어. 그땐 그게 행운을 뜻하는 말이었지."

아이들의 키득거리는 소리 사이로 선생님이 설명을 이어갔다.

"건물에 배너를 만들어 그런 문구를 쓰기도 했고, 책 제목으로도 썼고, 티셔츠에 써서 입고 다니기도 했어. 무지개 그림이 그려진 티셔츠였지."

"설마. 어떻게 그럴 수가 있어요?"

미리엄은 믿을 수가 없는 눈치였다.

"당시에는 '모든 게 괜찮아질 거야'라는 말이 바이러스가 곧 사라지고, 사람들이 정상적인 생활로 돌아가길 바라는 마음에서 한 말이었단다."

선생님이 말했다.

"그런데, 그렇지 않았죠. 다 죽었죠, 그렇죠?"

미리엄이 말을 잘랐다.

"전부 다는 아니야. 다 죽었으면, 우리가 지금 여기에 있지 않겠지."

선생님이 설명했다.

"모든 게 괜찮지 않았어. 오히려 사람들이 생각했던 것과는 정반대로 됐지. 그래서 이 표현이 비꼬듯이 반대의 의미로 쓰이게 됐고, 몇 백 년이 지나고 나니 매우 모욕적인 말로 자리 잡은 거란다. 설명 끝."

"우와."

미리엄은 감탄하면서, 이제 교장선생님들에게 제출할 과제는 해결됐다고 속으로 생각했다.

"욕설의 역사 너무 재미있어요. '탈세자(tax dodger)'는 어떻게 생긴 욕이에요?"

"미리엄, 하루종일 이 얘길 할 순 없다. 중요한 건, 비속어 또는 네가 말하는 나쁜 말을 사용하는 게 좋지 않다는 걸 네가 알면 되는 거야."

선생님이 말했다.

"역사의 흔적이잖아요. 예술처럼요."

미리엄이 이의를 제기했다.

선생님은 미리엄을 노려봤다. 아이가 하는 말을 반박할 수 없었는데, 혼란스러웠다. 같은 단어를 반복해서 계속 말하다 보면 갑자기 이상하게 들릴 때처럼 말이다.

"넘어가자. 자, 모두 테스터를 켜고, 어제 공부한 거 복습해보자."

미리엄은 나머지 수업에 집중을 할 수 없었다. 자신의 디지털 보드에 무지개를 그리고, 그 밑에다 '모든 게 괜찮아질 거야'라고 적었다. 예뻐 보였다. 혼자 키득거렸다. 과거 사람들은 얼마나 실망했을까!

귀가할 때가 되자, 아빠가 교문 밖에서 공중부양자전거를 타고 기다리고 계셨다. 미리엄은 아빠 뒤에 올라탔다. 기기의 안정 장치가 곧바로 작동하면서 부녀는 출발했다. 미리엄은 오늘 선생님이 한 얘기를 계속 생각했다.

옆을 지나가는 공중부양버스가 미리엄과 아빠를 칠 뻔해서 급하게 커브를 돌아야 했다. 미리엄은 자리에서 떨어지지 않으려고 안간힘을 쓰며 아빠를 꽉 붙잡았다.

"붐박스 자식 같으니라고!"

아빠가 소리쳤다, 브레이크를 누르며 멀리 가버린 공중부양버스를 향해 주먹을 흔들었다.

"너랑 너희 자손들 4대째까지 모든 게 괜찮아지길 바란다!"

미리엄은 웃으며 아빠를 더 꽉 붙잡았다.

"미안하다 미리엄, 정말 욕을 부르는구나."

미리엄은 기분이 좋았다, 왜냐하면 마침내 좋아하는 주제를 찾았기 때문이다. 혹시 '비속어학자'라는 건 없는지 궁금해졌다. 그럼 학회에 가서 마음껏 욕을 해도 될 텐데. 본인의 연구를 발표하기 위해서라면 얼마든지 할 수 있는 것 아닐까? 집에 도착하자마자 '비속어학자'를 검색해야겠다고 생각했다.

"알아요, 아빠. 옛날에 돌던 치명적인 바이러스랑 나쁜 단어가 아닌 나쁜 단어에 대해 얘기해줄까요?"

미리엄은 자신의 첫 '비속어학' 미니 학회를 시작했다. 뭐, 그런 학문이 없으면, 스스로 만들면 되는 것 아니겠는가.

2020년 4월 11일

Covid-19. 처음 들었을 때의 낯섦이 가물가물할 만큼 이제는 익숙한 용어가 됐다. 2020년 봄, 영어사전에는 코로나 바이러스 관련 단어들이 무더기로 등재됐다. Social distancing(사회적 거리두기), self-isolate(자가격리), WFH(working from home: 재택근무)⋯. 매일 생방송으로 세계의 소식을 전하는 일을 하다 보니, 국내외 신문기사를 읽는 일이 하루일과의 큰 부분을 차지한다. 팬데믹 상황을 팩트로만 접하다, 돌연 지난 몇 주 동안 코비드19의 재앙을 다룬 소설과 씨름했다. 소설 같은 현실을 작가는 때로는 유머러스하게, 때로는 감동으로 전한다. 나도 모르게 소설 속 주인공에 빙의되곤 했다. 인류가 겪어보지 못한 디스토피아 속에서 비극을 넘어서는 희망의 싹을 발견해보자는 게 작가의 창작의도 아닐까 싶다. 위크1 전부와 위크2 〈소시오패스〉, 위크4 〈이웃〉의 번역을 맡은 이명하 씨는 긴급사태가 발효된 도쿄 한복판에서 감옥이나 다름없는 좁은 방에 갇혀 팬데믹을 실감하며 작업에 몰입하였다. 위크3과 위크4의 대부분을 우리말로 옮기는 일은 필자가 주관하였다. 일부 다른 분의 도움을 받기도 했지만 두 사람이 책임을 지고 문체의 통일성 등을 높이기 위해 고심했다. 이 소설이 고난의 강을 건너는 독자들에게 큰 위안이 되었으면 싶다.

_최수진